dear+ novel
futtara doshaburi

ふったらどしゃぶり When it rains, it pours 完全版

一穂ミチ

新書館ディアプラス文庫

ふったらどしゃぶり When it rains, it pours 完全版

contents

illustration：竹美家らら

ふったらどしゃぶり
When it rains, it pours

忍者が、毎日すこしずつ丈の伸びる草を飛び越えていく。

眠れない夜に一顕《かずあき》はよくそのことを考える。一日一日の変化は大したものじゃなくても、積み重なっていくうちに結構な高さになるわけで、それはたとえば、今、この部屋にある幅四十五センチのナイトテーブルみたいに。

横目で窺うちいさな台の向こうには、一顕が寝ているのと同じシングルベッドがあり、かおりが背中を向けて眠っている。同棲を始めたおととし、ふたつのベッドは完全に密着していた。そこにいつの間にか鉛筆一本ほどの溝《みぞ》ができ、そうと分からないほどじりじりと拡《ひろ》がっていって、とうとう先月テーブルがかまされてしまった。

どう？　と恋人の満面の笑みを今でもはっきり思い出せる。

——ずっと狙ってたやつ、安くなってたの。読みかけの本とかティッシュとか置いとくのにちょうどいいでしょ？　一顕も使ってね。

ずっとっていつからだよ、本はともかくティッシュっているか？　言いたいことはたくさんあったのに、かおりがあんまり他意なさそうににこにこしているものだから、黙って頷いてしまった。

ずっと。

テーブルを見つけるより「ずっと」前からこうする気だったのかもしれない。引っ越し前に家具を見に行った時、一顕はダブルベッドを買うつもりだった。けれどかおりがシングルをふたつくっつけて使おう、と主張したのだ。模様替えもしやすいし、大体ダブルだとシーツの洗濯が大がかりになるからいや、と。

その時はそれもそうだな、とあまりこだわらずに従った。家の中の物事については女の意見を聞いたほうが丸く収まるというのは古来からの常識だし、ダブルだろうがシングル×2だろうが、することは変わらないと思っていたのだ。

あの日ののんきな自分に説教してやりたいが、別々に住んでいて日常の一部だった行為が、一緒に暮らしてからハードルの向こうに遠ざかるだなんて予想し得なかった。テーブルの上、ウッドのケースに納められたティッシュのやわらかなほの白さに、つい女の素肌を連想してしまって下半身がむずかるような感覚を覚え、そしてすぐそんな自分が情けなくなった。

ティッシュの箱で自慰を試《こころ》みた、という中学校時代の同級生の顔が浮かんでくる。何て名前だったっけ。それさえあやふやなのに、くだらない会話の記憶は鮮明だ。真ん中に裂け目がある、という構造だけでまだ見ぬ女体を連想し、中を空《から》にしてから突っ込んではみたものの、単なる四角い紙箱でしかないのでまったく気持ちよくなかったらしい。当たり前だ、バカじゃねえのとげらげら笑ったものだけれど、ティッシュ一枚にむらっとした二十七歳の自分も相当愚《おろ》かだ。

気持ちいいはずねえだろ、と理性で認識しつつ、でもこれでやってみたらどうかな、と試さずにいられないのが中学生。徒労が予想されるチャレンジには二の足を踏むのが大人。鼻をかむ以外の用途に使われなくなったティッシュの向こうに横たわっている恋人に手を伸ばす勇気が出ない。

疲れてるの、眠いの、早番なの、今あれだから、風邪気味で、ちょっとお腹に肉ついちゃってて……多様な断り文句のストックからチョイスされるのか、新バージョンが飛び出してくるのか。もう、仏滅《ぶつめつ》だからとか枕の方角が風水的によくないからとか月がとっても青いからとか、そんな理由でも「そっか」と引き下がってしまいそうな自分が怖い。落胆と諦めならずいぶん学習したはずなのに、身体の生理は聞き分けがなさすぎて、掛け布団を凝視《ぎょうし》しているとその下に横たわる生身のラインを思い描いてしまう。女のなだらかな曲線。欲望で透視能力に目覚めそうだが、触れられないものが見えたところで余計つらくなる。一顕は自分の視線を引っぺがすようにごろりと寝返りを打ち反対側を向いた。

そっちは窓で、降り続く雨音がすこし近くなった気がした。眠れないのはこのせいでもある。すぐ下がマンションの駐輪場で、トタン屋根に落ちる雨粒のざわめきが二階の部屋まで威勢よくはね上がってくるのだ。ばたばたばた……と無数の小人がてんでばらばら足を踏み鳴らしているみたいにけたたましい。

越してきたばかりの頃はふたりで抱き合ってそれを聞いていた。雨うるさいな、という文句でさえ笑って言えたし、もっと濃密に絡み合えば気にもならなくなり、没頭《ぼっとう》の合間合間で、あ、雨、としたたるようにふっと思い出す、あの感じが好きだった。

でも今、耳を打つ雨音はひたすらに騒々《そうぞう》しく不快で、じわじわと貴重な睡眠時間に浸食《しんしょく》してくる。もっと上層階に入居していればこんな耳障《みみざわ》りな思いをしなくて済んだのに、と高いところが苦手なパートナーへの不満すらくすぶり始めて、一顆は大きくため息をついた。雨音に紛《まぎ》れて自分にも聞こえない。

どれくらい前から、ひとりで雨をやり過ごすようになったのだろう?

和章《かずあき》は、どこかに出かけていたらしい。玄関のドアが閉まり、鍵とチェーンをかける音で整《せい》は目を覚ました。ナイトテーブルを挟んだ向かい側のベッドは空《から》だった。めくった寝具がきれいに整えられているのが、几帳面《きちょうめん》な和章らしい。キッチンに並ぶ調味料とか、引き出しの衣類の配置とか、和章がすると何でも作品に見える、というのは欲目だろうか。

その整然とした不在をしばし見つめていると、扉が開いた。首だけ持ち上げて「おかえり」と言う。

「ごめん、起こしたか」

「買い物?」

「うん。読みたいのに買いそびれてた雑誌があって、今、夢で見たんだよ。それで急に思い出してコンビニ行ってた」

「見つかった?」

「いや。売り切れたみたい」

先月号はあったのにな、とパジャマに再び着替えながら和章は答える。

「別の店にもなかったのか?」

「冷静になると、今そこまでするほどのものじゃないんだよな」

「何だよそれ」

整はすこし笑った。

「衝動と行動の間に一拍置くっていうのが、時々できなくなるんだよ。つい身体が動いちゃって」

「実行力があるのはいいことだろ?」

そう、何でもぱっと行動に移してしまう和章の機敏さと決断力に整は救われたし、愛してもいる。

「ありがとう、ものは言いようだな」

和章は苦笑し「雨、降ってた」と言った。

「それで、遠征せずに帰ってきた」

一番近くのコンビニまでは濡れずに行けるし、内廊下のマンションだから外に出るまで気づかなかったのだろう。整も今知った。

「朝まで続くかな」

「どうだろう。今は結構な降りだった」

「ふーん……おやすみ」

「おやすみ」

指先であいさつをするように和章は軽く整の額《ひたい》に触れて離れていく。くすぐったさが波紋になって広がった。

いったん目を閉じたものの、すぐまた開けてしまう。フロアライトの光量を最小に絞《しぼ》ってある室内はひっそりとした橙《だいだい》に満たされている。

やわらかな蜜《みつ》の色になったアイボリーのカーテンの向こうは、雨。タワーマンションの三十五階にいるとその気配はなかなか分からない。風が強ければ雨粒が壁面のガラスを叩きはするが、二重ガラスの防音性は大したものだし、カーテンを二枚隔《へだ》てると台風でも来ない限り気づかない。

整は雨音というものに思いを馳《は》せる。それは当然地上にある何かにしずくがぶつかって生じる。だから雨の音というよりは、雨を受ける何か、の音。

どこにも吸い込まれず、ただひたすらに落ちていくだけの雨は無音だろうか。細長い塔のてっぺんで耳を澄ませている自分を想像した。この家は雨が遠い。土を濡らして立ち昇る、あの甘い香りをかいだのは一体どれくらい前だろうか？

ここで暮らす前は、雨なんて別に好きじゃなかった。暗いし部屋の中が湿気《しけ》るし外出の予定があれば障害にしかならない。雨音で目覚める朝なんかはことに憂《ゆう》うつだった。

なのに今、むしょうに懐かしく思うのは自分が淀《よど》んでいるせいだろうか。どろりと濁《にご》った沼を身体の中に飼っているみたいで、それを洗い流してもらいたいのかもしれない。「おやすみ」と和章が額に触れた瞬間、もったりした沼の表面がぶくりと泡立った。

「溜まる」とは誰が考えたのか知らないけど適切な表現だ。溜まりすぎて歩くたびにこぷこぷ音がしそう。自慰で何度放出しても解消されないから、溜まり続けているのは精液だけじゃないんだろう。

今、突然死んだら浄化されなかった性欲で成仏《じょうぶつ》できずにどろどろぬめぬめした、人型の生コンみたいな悪霊に転じる自信がある。記憶も思考も良心も溶け、それでもぼたぼたと醜《みにく》い体液をまき散らしながら整（だったもの）は手を伸ばし、言うに違いない。

サワッテ。

ダイテ。

オネガイ。

出社してすぐメールチェックをする一顕の目に、総務からの一通が留まった。「【再送】／IDカード再発行のお知らせ」という件名に「やべ」と声が洩れる。IDカードにひびが入って再発行の申請をしたのが二週間ぐらい前。そして、発行しましたというお知らせを一週間前に受け取って、そのまま忘れて放ったらかしにしていた。慌てて総務部に向かい、メールの差出人を探した。

「おはようございます。営業の萩原《はぎわら》ですが、半井《なからい》さんは――」

「はい」

入り口近くのデスクにいた当人が手を上げる。同期だが、部署が違うので普段会うことはほとんどなかった。入社してすぐ配られた社員名簿のおかげで顔と「半井 整」というフルネームは一致する。男の顔写真なんかじっくり見たって楽しくないが、ぱらぱら適当にめくっていた指が思わず止まる程度には端整な顔立ちだったのだ。砕《くだ》いたらさらさら均一な粒子《りゅうし》になりそうな感じ。ざらざらとかべとべとというニュアンスと無縁の、あくのない美形、という印象はそれから五年経った今も変わらない。

あーこいつってセックスしなさそー、射精もしなさそー、一切興味なさそー。

ついつい思考が朝にはふさわしくない方向に泳ぎ、ゆうべの不眠がたたっているのかと頭を軽く打ち振って「ＩＤカード頂きにきました」とわざと大きな声を出した。

「普通の声で聞こえるから」

抑揚《よくよう》に乏《とぼ》しい口調でぶっきらぼうに言うと、整はデスクの引き出しから新しいＩＤカードを取り出した。

「これ。ハンコ持ってきてる?」

「はい、ありがとうございます。遅くなってすみませんでした」

ゲスト用の仮カードでこと足りるからついつい後回しにしてしまうのだった。正規用と違うところといえば、社内の食堂や喫茶店で払う金をチャージしておけないことくらいだが、外を出歩いてばかりだから特に不便を感じない。受け取り証に判を捺《お》し、ゲストカードと引き換えに新品のカードを受け取る。

「あっ」

「なに、どっか間違った?」

「いや、顔写真、新しいのにしてもらえばよかったなって。これ、あんま写りよくないし、散髪失敗したばっかで」

ほらほら、と見せたが、整はちらりと視線だけ動かし「別に変わんないよ」と無感動に答えた。取っつきにくいなこいつ、と思っていると「てかさ」と椅子ごと向き直られる。

「先々月もカード破損で再発行したよな?」

「あ、はい」

「それが悪いんじゃないの?」

首からぶら下げているカードケースを指差す。クリスマスにかおりがくれた、焦茶色の革製だ。

「会社から支給されたケース使うように言われてるだろ」

「はあ」

そう、カード自体の強度が今いちなためか、プラスチックのハードケースも入社時に受け取った。でも味気ないし使い勝手が悪くて気に入らなかったのだ。予備の名刺やちょっとしたメモが入るように、裏側にポケットがついたタイプが便利だし、校則みたいに会社指定なんてばからしいじゃないか。

「あれ、あんま好きじゃないんすよ」

「仕事で使うものに好きも嫌いもない」

「別に皆、自分の好きなの買って入れてるじゃないすか」

「それで問題ないんなら自由だけど、萩原は短期間に二度も割ってるだろ。持ち主の扱い方かケースのどっちかに問題がある」

もしくは両方、といやみたらしく言われてちょっとかちんときた。やっぱり睡眠は大切だ、心の余裕のために。

「カード、ぼろすぎんのがよくないんじゃないですか？　不良品だ。総務から業者に苦情入れて下さいよ」

「品質改善より萩原がケース変えたほうが早い」

「こういう社内の声を吸い上げるのが総務の役割じゃないんすかね」

「うちはご用聞きじゃないんだよ」

「でもこれ、彼女からもらったやつなんで」

整は眉間に深いしわを刻むと「知るか」と言い捨て、背中を向けた。

「次壊したら実費請求するからな」

いくらかかるのか知らないが、財布を叩きつけて「十枚ぐらい作っとけ」と言ってやりたい衝動にかられた。しないけど。こうやって「できないことを妄想する」機会が最近多くなったように思う。童貞返りかよ、こえーな。

「お手数おかけしましたー」

なるべくむかつく感じに語尾を伸ばして立ち去ろうとすると、「萩原」と呼び止められた。

「はい？」

「ついでだから言っとくけど、営業部、ゴミの分別が甘いから。あと会議室予約しといてドタキャン多すぎ。書面で注意されないうちに気をつけるように周知しといてくれ」

それこそ「知るか」って話じゃないのか。今、それを俺に言いますか。小石を投げたら漬物石が返ってきた気分だ。しかし発端《ほったん》は自分だから「はーい」と答えて総務部を後にし、エレベーターホール前にある扉のタッチ式センサーについカードを乱暴にぶつけかけて思いとどまった。また駄目にしたら、それこそ何を言われるやら分かったもんじゃない。

席に戻ると朝のミーティングまでにはすこし時間があったので、気分転換を兼ねて来週の同期会で使えそうな店をネットでチェックする。異動する人間の送別と、こっちに戻ってきた人間の歓迎も兼ねて毎年春、部署関係なく同期で飲み会を催《もよお》すのが習わしだった。会社も横の連《れん》携《けい》を推奨《すいしょう》しているからその日はよほどのことがない限り定時で解放してくれる。今年は一顕に幹事が回ってきた。

同期で集まる、イコール、整ともまた顔を合わせる？

一瞬、うげ、という思いが頭をよぎったが、思い返せば過去の集まりで整を見かけた記憶がない。五十人くらいは来るから、単に見落としていただけかもしれないが、飲み会が嫌いで出ない、と仮定するほうがしっくりくる。あれだ、きっと、ボールペン一本の配置まで決まってそうな、Ｃａｓａのグラビアみたいな部屋で洋書でもめくって――いや、ごみ袋で埋め尽くされて床も見えない生活っていうのも一周回ってありかも。シャツの山から一枚引っ張り出して、襟《えり》の汚れ確かめて、においかいだりして……ないか。どっちにしても女っ気が入り込む余地がなさそうなのはどうしてだろう。

まあいいや、どうでも。会社から近くて、ある程度広くて予算と味の釣り合いが取れてそうな店、を何件かグルメのポータルサイトでピックアップし、家で吟味《ぎんみ》するため、携帯に情報を転送した。

そのまま、終日私用の携帯を見る暇がなかったのだが、家に帰ってチェックしてみると、会社のパソコンから送ったはずの店舗情報が届いていない。おかしいな、と朝見たページにもう一度アクセスして、一顕は自分のうっかりに気づいた。携帯のアドレスの「@」より前を入力して、以降はキャリアをプルダウンで選ぶ方式になっていたのに、そこを設定し忘れて送信してしまったのだ。エラーになっていなければ、キャリア違いの、同じアドレスの他人にレストランの案内メールが届いていることになる。

まあ、誰かに見られて誤解を生むようないかがわしい内容でもないし、間違いだと思って削《さく》除《じょ》してくれているだろう。かおりが帰ってくると、一顕はすぐにそのことを忘れた。

「ただいまー」

「お帰り、遅かったな」

「うん、お得意さまがね、爪が割れたって駆け込んでこられたから。店閉めるとこだったけどしょうがなくてさ」

「ふーん。そういう時ってどうすんの？」

「割れたっていっても表面の亀裂《きれつ》だから、上からアクリルで固めて、乾かして削《けず》るの」

「修理って感じだな」

「うん」

ＩＤカードもそんなふうに直せたらいいのに、と思った。そうしたらあんな文句も言われずにすむ。

「めしは？」

「店長とお茶してきたからいい、一顕は？」

「ピザあっためて食った」

「そっか。ごめんね、あしたは早く帰れるからちゃんとしたの作る」

「うん」

かおりが風呂に入っている間、テーブルに無防備に残された携帯を見る。

急な客があった。店長とお茶をしていた……それらは恋人の自己申告で、何の裏づけもない。しかし一顕は、かおりの言葉を疑って携帯をチェックしようなんて思わない。

飲み会の時には定時連絡を入れさせる、写メ込みで状況を報告させる、という男を知っているが、お互いによく疲れないなとへんな感心をしてしまう。なぜかおりの言動を信じているのか、それはかおりの愛情を信じているからだ。一顕を裏切ってまで他の男とつながろうとはしない。別にそんないい男だと自負しているわけではないが、彼女の人となりや、もう五年つき合ってきたという歴史、今同棲しているという事実、総合的に判断して束縛する必要性を感じない。自分の身に起こってみなきゃ分からない、と言われればそれまでだけれど、かおりの浮気も自分の浮気も想定外のさらに外だ。

しかし、ひとつの疑問が頭をもたげはする。

じゃあどうして、と。

物思いから逃《のが》れるためにスポーツニュースの音量を上げた。やがてかおりが濡れた頭を拭《ぬぐ》いながら出てくる。

「同期会っていつだっけ？」

「来週の金曜」

「そっか、じゃあ私もその日出かけていい？　彩子《あやこ》さんの新居に招《よ》ばれてるんだ」

「ああ、うん」

彩子さん、は確か、かおりが勤めるサロンを去年寿退社《ことぶきたいしゃ》した先輩、お相手は医者……頭の中の検索エンジンを働かせながら頷く。

「タワーマンションの最上階で百平米ぐらいあるって、すごいよね」

トタンの雨音も届きっこないんだろうな。

「大丈夫なのかよ、高所恐怖症のくせに」

「ブラインド下ろしてもらうから平気。もうちょっと落ち着いたらおうちでサロン開くんだって。私は無理だけど、景色見ながらネイル塗ってもらうのとかって最高だよね、きっと。いいな、私もいつか自宅で開業したい。一日、三人ぐらいのお客さまで、その代わりうんと時間かけてケアもマッサージもするの」

椅子だけは頑張っていいのを置いて、好きな音楽をかけてアロマも焚《た》いて……夢を話すかおりの目がきらきらしてきれいだと思う。叶えてやりたいと思う。

「タワーの最上階は無理だな」

「やだ、そんなの望んでないよ。タワーマンションって管理費もすっごい高いんだって。コンシェルジュとかゲストルームとかついてるから」

「ふーん」

「そんなのでお金飛んでくなんて馬鹿みたいじゃん。たまにお邪魔してうらやましがるぐらいでちょうどいいんだよ」

「なるほど」

「だから、私たちは私たちで頑張ろ？」

「了解」

「ふふ」

ソファでくつろぐ一顕の脚の間にかおりがちょこんと収まった。彼女の定位置だ。

「爪、伸びた？」

「まあまあ」

「どれどれ」

一顕の両手を取ってしげしげと見つめる、かおりの指を肩越しに眺めた。ピンクと若草色がにじんだように混じり合う爪の色。そこはいつでもちいさなキャンバスで、何かしら彩色《さいしょく》が施《ほどこ》されている。こいつの裸の爪って長らく見てないな、と不意に思った。美しく飾るのは仕事のうちだし、家事も渋らず積極的に引き受けてくれるから不満はないけれど。

爪の裸と、身体の裸。最後に見たのはどっちだったっけ？

「まだ大丈夫だね。じゃあ、同期会の前に整えてあげる」

「かおり」

洗い髪から、いいにおいがする。引き寄せられるように鼻先を埋《うず》めた。湿った層をかき分け、なめらかなうなじに。

そのまま後ろから抱きしめようとしたが、かおりはさっと立ち上がった。

「ドライヤーしないと。風邪引いちゃう」

不自然に明るい声。一顕をかわす時、いつもそうだ。

「一顕、お風呂これからでしょ？」

「……ああ」

ここでもう一歩踏み込むことが一顕にはいつもできない。何で逃げるんだ、俺はお前を抱きたいのに、と言ったらどうなるんだろう、と考えると、自分でもおかしなほど怖くなってしまうのだった。不機嫌や失望を顔に出すようなかっこ悪いまねもしたくない。

「浴室乾燥のスイッチ入れといてね」

ドライヤーを小脇に抱え、寝室に引っ込むかおりに指一本触れられなかった。狭い浴室には女もののシャンプーの残り香がまだ濃く漂っていて、一顕の全身をむわっと包む。たまらなくなった。

音を消すためだけに——聞こえる心配はなかったが——シャワーのレバーをひねり、性器に手を伸ばす。風呂場で慰めるのは出す時だけ便利だが、後で排水口のカバーを洗うのが面倒、というか侘《わび》しい。でも今はそんなことを考えるのも億劫《おっくう》だった。低い位置に据《す》えられたシャワーのヘッドからつめたい水がすねを打ち、鳥肌が立ったがじわじわと温度が上がり、手の動きにつれ下肢《かし》も熱くなってくる。

何で、とさっきは封じ込めた自問がよみがえる。パチンコ玉みたいに硬くちいさく、頭の中をいつまでもはね返り、落ちていく先がない。

ふたりの間には愛情がある。信頼も思いやりもある。日常と、将来の設計図があり、一緒に暮らす家と共同の貯金だってある。

なのにどうして、セックスだけがぽっかりと抜け落ちているんだろう。片手を壁につき、もう片方の手でひたすらに性器を扱《しご》く。うつむき、荒い息を洩らす。自分の手のひらに包まれた昂ぶりはかわいそうで間抜けだ。歯を食いしばる。

「……っ」

最後の瞬間、わざと手を離した。湯気で曇《くも》った鏡に思いきり出してやる。一顕の鬱屈《うっくつ》を具現化したようなねっとりとした白濁《はくだく》は冷たい鏡面《きょうめん》に張りついてかすかに身ぶるいし、重たげに垂《た》れていく。荒い息をついたまま戸を開け、洗面所に置いてあるティッシュを何枚も乱暴に引き抜いて鏡を拭った。ちっとも楽しくなかった。身体の快感と頭が完全に分離して温度差を埋められないのだ。膨《ふく》らんだ傷口を切り開いて膿《うみ》を絞れば確かにすっきりするが、効果はごく短時間で、傷は痛み続けるし膿は溜まり続ける。

かおりの痕跡を欲望で汚してしまったという罪悪感を振り払うためにがしがし頭を洗い、ごしごし身体を洗った。そして寝室に行くともう明かりは落ちている。規則正しく上下するかおりの布団。寝たふりかもしれない、でもそれを確かめたところで何にもならない。

一顕はベッドに入り、しばらく携帯でニュースサイトを巡《めぐ》っていたが、ふと午前中に誤って手配したメールを思い出した。自分のアドレス、プラスプルダウンメニューの一番上にあったキャリアのドメイン。

新規メールを作成する。大した意味も理由もなかった。暇つぶしだ。不毛な自慰できょうという日を終わらせなくてすむ行動なら何でもよくて、手元に便利な端末《たんまつ》があっただけで、友人知人に当たり障りない口実で連絡するのは煩《わずら》わしかったし。

文面を指先で綴《つづ》る。

『夜分遅くにすみません』


「来週、取材で撮影が入るんだ」

夕食の後、和章がそう言った。

「いつ？」

「金曜。夕方から夜にかけてしか時間取れなくて、ひょっとしたら整が帰った時もまだ終わってないかもしれない」

「じゃあどっかで寄り道してる」

和章はプロダクトデザインの仕事をしていて、評判が広まるにつれ製品ならず本人も注目され始めていた。創作についてのインタビューや、自宅で和章自身の愛用品を披露《ひろう》する企画を、本人はあまり好きではないものの、営業の一環と割り切っているようだった。整は、プロが撮った和章の表情や、仕事モードの和章を垣間見《かいまみ》られるのは好きだ。

しかし場所がここだと、毎回すこし困る。和章は「気にせずいればいい」と言う。学生時代からの友人と一緒に住んでいる、ただそれだけのことだから、ここは整の家でもあるんだから、と。でもそんなわけにはいかないと思う。男ふたり、せめて整が仕事の関係者だったら納得してもらえそうだが、単なる家電メーカーの事務方だ。色眼鏡で見るなというほうが無理だろう。2LDKのうち、他人に見せるのはリビングと和章の書斎兼仕事部屋までで、さすがに寝室には立ち入らせない。それでも整は洗面所のコップや歯ブラシを隠し、靴をシューズクロークに収納し、自分の生活臭を消すことに腐心《ふしん》する。そしてその都度和章はすこし機嫌を損《そこ》ねるのだった。

「何で。わざわざ時間つぶすことないだろ。編集の人に紹介するよ。結構面白い人だから、整も気が合うと思う」

「いいよ」

と整はかぶりを振る。

「いちいち居候《いそうろう》紹介されたって、編集の人も困る」

「居候なんかじゃない」

和章の言葉にあいまいな笑顔しか返せない。事実そうだ。和章が両親から譲り受けたマンションに整が転がり込んでもう五年以上経ってしまった。何度も出て行く話はしたが、そのたび叱られたり諫《いさ》められたりなだめられたりして、荷造りにすら至った実績がない。もともと私物は少ないし本気になれば身ひとつで飛び出せたはずなのにそうしなかったのは、結局引き止めてほしかっただけなのかもしれない。毎月、給与から一定額を振り込んではいるものの、和章が手をつけてないのは明白だった。

俺は一体何なんだろう、とよく考える。都心の、値段も標高も高いマンションでぬくぬく暮らしている。勤めはあるが、明日辞めても何の文句も言われないだろう。満たされている。物心の両面で。誰に話したってうらやましがられるに違いない。いわば幸運な囲われ者か。

いっそ囲って、きちんと手を出してほしい。それだけが、住処《すみか》でも金銭でもない整の願いだった。一歩も外に出るなと言われればそうするし、一生和章としか顔を合わせない、口をきかない生活でも不満はないだろう。

でも和章は、そんなこと望んでやしない。大切な親友、肉親以上の存在。そこに何ひとつやましい要素がないから「紹介するよ」なんて平気で言える。

「金曜日、同期会があるんだよ」

食べ終わった皿をシンクに運びながら整は言った。

「ちょうどいいから、顔出してくる。今までずっとさぼってたから、上司にも釘《くぎ》刺されてたところだし」

「気が進まない集まりに無理して行く必要ない」

いかにも非・サラリーマンな物言いだった。

「や、無理ってことはないよ、何となくスルーしてただけ」

簡単な話、同僚と飲むより、早く帰って和章と一緒に過ごしたかった。和章が仕事部屋にこもりっぱなしの時でも、同じ屋根の下で和章の気配を感じていたかった。

「本当に？」

「うん」

隣に立たれて、服の袖《そで》が軽く触れ合う。それだけで気持ちが喉をせり上がってきてすこし苦しくなる。

「……いいよ、洗い物やっとくから」

「どうして」

「早く仕事したそうにしてる」

「そんなに上の空だったか？」

和章はばつが悪そうに眉尻を下げた。穏やかな、およそ人と争ったり、人に怒ったりしなさそうな容貌に動物っぽい愛嬌《あいきょう》が生まれ、整はかわいいなと思いながら笑う。

「何だよ」

「上の空じゃないよ。何となく、うずうずしてる空気。……長いつき合いだからかな」

「全然長くない」

と和章は言った。

「まだまだだ」

うん、と頷く。嘘じゃない。これからも、続いたらいいのに、と思っている。下界の騒音が届かない静かな暮らし。整は和章を好きだから。

洗剤の泡で滑《すべ》った手から皿が落ちる。シリコンの洗い桶《おけ》の中だから大事には至らなかった。ひびも欠けもないことを確かめて安堵し、そして会社での出来事を思い出した。

あのがさつな営業の同期。会社から与えられた、私物じゃないカードを粗末にして損なうという神経がまず分からないし、メールは二回も送ったし、何よりふてぶてしい開き直りようといったら。

何が、彼女からもらった、だ。馬鹿じゃないのか。無駄に声はでかいし、もうあの、自信に満ちあふれた感じが苦手だ。はつらつとか充実が汽笛とともにぐんぐん迫ってきそう。ただの勘違い男ならむしろ優しくできそうなのに、顔がいいのが一層やっかいだ。きっと相応に美しい女とクリスマスだのバレンタインだの満喫しているに違いない。順風満帆な人生の男。

レバーを上げて水の勢いを強くする。ドアも引き出しも、あらゆるものが不用意な音を立てないように設計されたマンションだから、シンクも静かに水を受け止める。よくできてるな、と使うたびに感心する。

昔、両親と暮らした家は古い木造だった。台所の蛇口《じゃぐち》は微調整が難しく、ちょろちょろかじゃばじゃばの二択で、どっちにしてもシンクはばたばた音を立てたものだった。あれは、雨音に似ていなくもない。

目の前がかすむようにぶれる。今いるマンションとかつての実家が二重写しになって、あの頃意識もしなかった風景がよみがえってきた。ガス台の下に敷かれた、油まみれの新聞紙。冷蔵庫のドアにぶら下げたホワイトボード。そこに書いてある「町内会費千円」という母の文字まで。

シンクに両手をついてうずくまりたい気持ちをこらえ、頭を打ち振る。懐かしさ、という感情は時に暴力的だ。ほんのすこし、障子《しょうじ》を開いて記憶を覗き見るだけのつもりでいても、こうして不意に整を打ちすえ、動けなくする。制御できない。

あの家はもうない。両親ももういない。

でも俺には、和章がいてくれたから。

片づけをすませて風呂に入ると、和章の部屋の扉を控え目にノックした。

「コーヒー淹《い》れる?」

「いや、いい。ありがとう」

「じゃあ、先に寝てるから」

「うん、おやすみ」

と言ったものの、整はそこから立ち去れないでいた。黙ったまま佇《たたず》んでいると、気配を察した和章が「どうした？」と声を掛ける。

「ごめん……あの、ちょっとだけ顔が見たくて」

我ながら恥ずかしい。でも和章は絶対に整を馬鹿にしたりしないのだった。引き戸を開け、ほほ笑みかけてくれる。

「ありがと」

「もっと面白い顔したほうがいいか？」

「今のままで十分」

「傷つくな」

「そういう意味じゃないって……今、何作ってる？」

「パスケース。ちょっと珍しい革が手に入りそうだから。できたら、使ってくれるか？」

「もちろん。邪魔してごめん。今度こそもう寝る」

「邪魔なわけないだろ。……何かあったらすぐ呼べ」

「うん」

和章の作るものは、整をイメージしているらしい。自分ではよく分からない。アクリルのフレームがまろやかなZ字に湾曲しているソファ、架空の生き物の角《つの》みたいな壁に取りつけるコートハンガー、気泡《きほう》ガラスのペーパーウェイト。絵のモデルや写真の被写体と違って全く実感がない。でもふしぎなことに整の存在は和章の創作に一定の貢献をしているらしく、普通に話したり食べたりしている最中に突然「あ、閃《ひらめ》いた」とつぶやき、仕事にかかるのも珍しくなかった。

こういうの、何て言うんだっけ。ミューズ?って女のことだっけ。ベッドの中で考える。ナイトテーブルも、その上の目覚まし時計も和章がデザインした。角の丸い、上品なフォルム。平凡すれすれでいて、大きさも重さも造りも、勝手がいいようシビアに考え抜かれている。どこでどんな人間が使ってもしっくりきて、邪魔にならない。声高に自己主張をしない静かな優しさは、むしろ和章そのものだと思う。

この世で一番整を安らがせてくれるはずの場所。なのにどうしてだろう。いも虫みたいに丸まって下着の中に手を入れる。ぎゅっと目を閉じた脳裏《のうり》に浮かぶのは和章だ。顔、髪、肩、手、声。こんなこと、いやでいやで仕方ない。すぐそこで和章が働いているのに、汚い。心からそう思っているのだが、途中でやめられたためしがない。

和章。

優しくて、整を必要としてくれる和章。いちばんつらい時期を支えてくれた和章。決して整の身体を求めることのない和章。

妄想の世界には和章の姿かたちをした、似ても似つかない男が住んでいる。にせものの和章が、整、と耳の中が欲望でひたひたになるようないやらしい声で名前を呼ぶ。おののきに限りなく近い歓喜で整はふるえる。

——整……整、感じてるのか？　まだどこにも触ってないのに。

からかいで追い詰められて、恥ずかしくなる。いやだ、と言う。やめてくれ、と言う。心にもない抗《あらが》いを嗤《わら》われる。

——嘘つき。してほしいんだろう？　ほら、こんなふうに。

そう、こんなふうに。ゆっくりと、卵を弄ぶようなもどかしい触れ方で、勝手に期待して高まる性器を、つかず離れずの刺激で焦《じ》れったく愛撫する。

「——……あ」

ちいさく声が出る。頭の中の和章は「我慢するなよ」と嚙み締めた唇を、舐《な》める。

——気持ちいいくせに。すぐこんなに硬くして。

——違う……。

——何が違うんだ？

——あ！

急に、きつく握り込んだりもするだろう。そうしてびくりと圧に逆らう血管を、くすぐるようになぞったりも。

——あんまり意地を張ってると、かわいがってやらないよ。

して、と整は浅ましく脚を開いて懇願《こんがん》する。

——好きだ、和章、好きだ……。

――うん。

現実の和章に近い響きで、肯定される。

――俺もだよ、整。好きだよ。

和章を待っている発情を、あますところなくあやしてくれる。整のどんな声、どんな痴態《ちたい》も和章は愉《たの》しみ、もっとさらけ出すようにと求め、汚してくれる。

整が妄想の中で汚す和章。

空に近い、静かで穏やかな暮らし。ずっと続けばいい。整の中から肉欲がすり切れて灰になるまで。シーツをすっぽりかぶった顔が熱い。ひたすらに、硬くなったものを摩擦《まさつ》する。あと何回繰り返したら満足できるだろう。

口の中で舌が勝手に動き回っている。無意識に絡めるものを探している。誰もいないのに。呆れるほど雑で単純な上下の動きに、昂《たか》ぶりは忠実に応える。

――いきそうなのか?

幻の和章が尋ねる。

――うん、いきたい。

――いいよ、全部出すんだ、俺の見てる前で。ちゃんと名前も呼んで。

和章。和章。

手探りでテーブルの上のウエットティッシュを引き抜き、ちいさな穴をふさいだ。

一瞬、深くくぼんだような感覚があって、それから勢いよく飛び出す。

さっきまでの膨らみが嘘みたいに萎《な》えた性器を淡々と拭い、精液まみれのウエットティッシュは新しい一枚でくるんでごみ箱へ。ひとつの作法が完成されているようにスムーズだ。陶器でできたウエットティッシュの容《い》れものも和章がデザインした。和章のつくった心地いいものに囲まれて安らいでいるはずなのに、時々、酸欠みたいに息苦しくなった。決まって夜だった。

再び背中を丸める。と、枕の上で携帯が鳴った。メールだ。

「夜分遅くにすみません」という件名を見て、十中八九スパムだとは思ったが、一応開いてみる。

『今日の午前中、グルメマップからのメールがそちらに届きませんでしたか？　あれは僕が、自分の携帯に送ろうとして間違えたものです。大変失礼致しました。一言、お詫《わ》びまで』

確かに、心当たりのないメールが一通届いていた。すぐ削除してしまったから確認できないが、グルメという文言があったようなかったような。発信元のアドレスは整とドメイン違いの同じ文字列で、なるほどこういう間違いかと納得した。凝《こ》ったものじゃないから誰かと被《かぶ》っていてもおかしくはない。それにしても律儀《りちぎ》な、とふっと笑いが洩れ、すこし呼吸が楽になったのを感じた。たったこれだけのメールで、へんなの。

指はごく自然に「返信」の表示をタップしていた。

『女を、「○○する女」と「○○しない女」に分けるとしたら、どんな言葉を入れますか?』

そんなメールが届いた。心理テストの類《たぐい》だろうか。疑問をそのまま返信すると、「単なる興味本位の質問です」とすぐ返ってくる。向こうも暇なのかもしれない。

整《せい》はすこし考えて「電車で化粧する女としない女」と入力した。しかし送信してから、つまんない答え、と後悔し始める。別に正解も間違いもないし、熟考するほどの話題でもないけれど、もうちょっとひねったほうがよかったかも。でも時間をかけたら気の利いた答えが閃《ひらめ》いたとも限らないし――。

携帯のバックライトが消えると、同時に我に返る。

いいんだよ別に、つまんないって思われても、顔も名前も知らない相手なんだから。そもそも冗談で笑いを取るタイプでもないのに、何だろうこの見栄《みえ》というか、「うまくやりたい」という欲みたいなもの。筆跡さえも伝わらないデジタルのやり取りならではの心情なのかもしれない。

ほどなくして返信があった。土曜の夜、のんびりメールをする余裕がある。整と同じ、一般的な週休二日勤務できょうは休みなのだろうか。今分かっているプロフィールは、男で、社会人、それだけ。自己紹介されたわけではなく「会社」という文字がメールに出てくるからそう思っただけだ。出まかせかもしれない。

『いますね、フルコースで化粧してる女。うちの彼女、「顔作る」って言うんですけど、「作る」って大げさな表現じゃなくてまじなんだなって思いました。一連の工程の中で目のでかさ倍ぐらいになるからびびる』

長文だ。そして「彼女持ち」というデータがプラスされた。メールのやり取りを始めてまだ一週間程度ながら、いつもは「きょう入った喫茶店のコーヒーがありえないほどぬるかったです」とか「人身事故で電車が停まって一時間タイムロスしました」といった当たり障《さわ》りのない短い近況が送られてくる。いかにも暇つぶし丸出しだがお互いさまだから気にならない。

返事、送ろうかな、あんまりだらだらラリーするのもうざいかな。迷っていると和章《かずあき》が自室から出てくる。まっすぐキッチンに向かい、コーヒーを淹《い》れる支度を始めた。気分転換の一環だと分かっているので、整は手出しをしない。

「整も飲むか?」

「うん、もらう」

リビングのソファから、カウンターに立つ和章に尋ねる。

「女を、ふたつに分類するとしたら、和章はどうする?」

質問の唐突さに和章は小首を傾《かし》げて「既婚と未婚とか?」と答えた。

「子どもがいるとかいないとか」

「いや、そういうプロフィールの問題じゃなくて、もっと内面っていうか、性質の面で……」

「たとえば?」

「俺もうまく言えないんだけど」

「一体、何のアンケートなんだ」

「メールで訊かれたから」

「例のメル友?」

「うん」

頷いてから「メル友ってほどじゃないって」とつけ加える。素性《すじょう》の分からない相手と、ごく浅くとはいえ交流するのを和章は快《こころよ》く思っていない節がある。

——変なメール届いてさ、その後、すいません間違って送信しましたってフォローがきたんだ。わざわざ、丁寧っていうか、まめな人だなと思って返信したらまた届いた。

最初の数通の往復を見せると「それも全部計画じゃないのか」と眉をひそめた。

——間違いのふりして、自然にメール交換に持ち込むのが。

——そんなことする理由ないよ。

人恋しければ出会い系なんていくらでもある。性別も年齢も分からない相手に当てずっぽうでメールを送る意味がない。そう説明しても和章の懸念《けねん》は晴れないのか、「妙なそぶりがあったらすぐ受信拒否して、会おうなんて思うなよ」と何度も念を押された。

そんなに言うなら「やめろ」と強く命じてくれたらいいのに。気持ち悪いな、そんなのやめろよと切り捨ててくれたら嬉しくてすぐにでも連絡を絶つだろう。

でも和章は「尊重」という態度で一歩引いてしまう。整が楽しいならそれが一番だけど、とか、整の好きにしたらいいけど、とか。いい大人だし、決断や責任を和章に委《ゆだ》ねたいわけじゃない。

けれど時々、どうしようもなく寂しい——と言えば分かってもらえるのだろうか。黙っていると、しゅんしゅん湯の沸く音だけが雄弁《ゆうべん》になる。整は自分のもの思いの中に浸《ひた》り、投げかけた質問は別にどうでもよくなっていたのだが、和章は考えてくれていたらしく、急に「案外難しい」とつぶやいた。「え、そんなに?」とちょっと笑う。

「女、って性別に根ざした答えはなかなか。男に置き換えても通じることばかりのような気がして」

「え、男と女って全然違うのに?」

「肉体的にはそうだけど、性質って言われるとな。女々《めめ》しい男もいれば雄々《おお》しい女もいるだろう。個人差でしかないような気がする。……俺だって女々しいし」

「そうかな」

「そうだよ」

それなら俺だって、と思った。女みたいにお前に抱かれたいと妄想してる俺も完全に後者だろう。言ってやろうか。きっと困って「そういうつもりで言ったんじゃないよ」と答える。想像は膨《ふく》らむ。

——そういうつもりってどういうつもり？

と整はさらに突っ込むのだ。

——和章に「つもり」がなくても、無意識に出ちゃうんだよ。きっとストレスなんだよ。同じ屋根の下にいる男から一方的に好かれてる状況が。だって、どんなに女々しくても身体は男なんだから。女とは全然違うんだから。

整は立ち上がって和章の横に行く。

「……どうした？」

かすかに緊張している。整が何を言うのかと、身構えている。整はさっきのシミュレーションをそのまま実行してこの場の空気を思いきり息苦しいものにしてやりたいと思う。和章は、整の行動や感情を否定しても存在を否定することはない。見知らぬ相手とメールで話すのをいやがっても、気持ちに応《こた》えられなくても、それで整自身を軽べつしたり嫌いになったりは、絶対にしない。整はそれを嬉しいと思う。感謝している。和章を困らせたくない、と思う。でも同じくらい強く和章を困らせてみたいと思う。傷つけたい、という衝動をはっきりと自覚する時もある。積み重ねてきた日々も、心地いいものばかりでととのえられた部屋も全部ぶち壊して和章を罵《ののし》りながら暴れまくり、和章の優しさや忍耐の皮をいらない壁紙みたいにべりべりと剝《は》がし、もう疲れたいやだ、お前と一緒にいたくない、という言葉を引きずり出したい。それからその足に、整はみじめにすがる。後悔の涙にまみれて床に頭をこすりつける。

——ごめん、もうしないから。お願いだから捨てないで。

引きちぎられたカーテン、破壊されてスプリングの飛び出したソファ。割れた食器類。その、終わりの光景をあまりにも仔細《しさい》に想像して整はひとりで涙ぐんでしまうことさえあった。そして気がすむまで脳内カタストロフィを堪能《たんのう》すると妙に冷めた気持ちでねーわ、と思う。男とか女とかの問題じゃなく、こんな頭のおかしい人間に惚れられてもうんとは言えねーわ。

和章は、黙ってドリッパーにフィルターをセットしてコーヒーの粉を入れる。フラミンゴの首みたいな細長い注《そそ》ぎ口がついた銀色のケトルから湯が注がれる。ぷくぷくとやわらかなチョコレート色の泡がふちまで盛り上がってくる。ぴとぴとポットに落ちるしずく。

「……いい匂い」

整は笑った。

「うん」

和章もほっとしたように眼差しをやわらげた。うすい湯気の膜《まく》で、リビングの眺めがすこしおぼろげになる。妄想の中で、ぼろぼろになったカーテンの向こうにはどんな空が広がっているのか、そこはなぜか曖昧《あいまい》なのだった。

コーヒーを飲んだら、もう一度メールしてみようかと思う。


「化粧か」

ビール片手に新着のメールを読んでつぶやくと、かおりが「何か言った?」とソファにいる一顕《かずあき》をダイニングテーブルから振り返る。

「いや、独り言」

「ふーん……あ、分かった。メル友の人からメールきたんでしょ」

「別に友達じゃないけどさ」

気まぐれで送ったメールに返信があった時はびっくりした。

『わざわざありがとうございます。スパムかと思ってすぐ削除しました。お気になさらずどうぞ』

絵文字のひとつもない丁寧な文面。何だこいつ、と自分を棚に上げて思った。よっぽど暇なのか律儀《りちぎ》なのか、ナンパ目的なのか。いや、俺がそう思われてるのかも?

翌日の昼、電車を待つ間の、ちょっとした手持ち無沙汰《ぶさた》にまたメールしてしまった。

『ご返信頂いてちょっとびっくりしました。まめなんですね』

夜、さらに返信があった。

『そちらこそ』

そっけない一言だったが、何となく、相手が楽しんでいるような気がした。何だこいつ？ でももうちょっと糸をつないでおこうか、という、一顕と似たような好奇心。

『それもそうですね、いつもはこんなことしないんですが……とか書いたらナンパみたいですね。ちなみに僕は男ですが、下心は今のところありません』

『いや、僕も男なんで』

『ああ、よかったです。って言うのも変ですね』

『そうですね。証明はできないですけど、お互いに』

写真を送るとか送れとかいう流れになったらシャットアウトするつもりだったが、相手にその気はなさそうでほっとした。かおりに一連のやり取りを見せると「変なの、ふたりとも」と笑われた。

——珍しい。一顕、メールあんま好きじゃないのに。

——何となく。

——でも、道理で最近、携帯気にしてたもんね。

――そう？

――そうだよ。

――心配した？

――普通に仕事の連絡待ちかと思ってたよ……なに、心配しなくていいように見せてくれたの？

――うん。

――ありがとうございます。

かおりがふざけて頰をつつく。

――お前って、俺の携帯を全然警戒してないんだな。

――一顕もじゃん。

――いや……。

不安、というか、疑問は湧かないのだろうか？　長らくセックスしてないけど、この人はどうやって性欲を解消しているんだろう、と。自分以外の相手で発散している、という可能性をすこしも想定しないのだろうか？　だとしたらそれは一顕への信頼や愛情の表れというよりは、男の事情に無知なのだと思う。

だからこれからも黙って耐えていればかおりが歩み寄ってきてくれるなんていう展開は、ない――そう思うと、冗談じゃなく目の前が一瞬真っ暗になったのだけれど、かおりはまったく気づかないふうだった。お互いの性格も服や食べ物の好みも熟知し合っているのに、こういうふとした瞬間の断線って何なんだろう。恋人が知らない女に見える。

かおりにとっての自分も、時々そうだったりするのだろうか？

『恋人の携帯を見る女と見ない女』

そう、一顕は送った。

『分かるような気はしますけど、女限定でしょうか？』

『ああ、言われてみればそうですね。数日前の、僕の彼女の発言です。何となくしっくりきませんか？』

『それは、こういうメールに対して釘《くぎ》を刺《さ》されたという意味ですか？』

もしそうならすぐやめる、というニュアンスが感じられた。一顕はすぐに『彼女は後者です』と返信する。

『メールは、やましいものじゃないんで普通に見せました。その時の会話の流れであういう言葉が出てきたんです。ちょっと印象に残ったので』

——彼氏の携帯を見る女の子と、見ない女の子がいるよね。

かおりは言った。

——私は見ないけど、当然のようにチェックしてて、「え、何で見ないの？」って笑顔で訊いてくる子、いるもん。何て返事したらいいのか困る。

――よっぽど彼氏がたち悪いんじゃないのか？

――関係ないよ。その子が一顕とつき合ってたって見ると思う。逆に私、一顕がしょっちゅう合コン行って、ほかの女の子とメールしたりしててもやっぱり見ないと思うし。良心っていうより、感覚の問題じゃない？

『いい彼女ですね』と返ってきた。酒がすこし入ってきたせいもあって、踏み込んだ質問をしてみる。

『そちらの彼女はどうですか？』

なかなかレスポンスがない。かおりが言うとおり、一顕はふだんメール不精《ぶしょう》なたちだった。業務連絡なら迅速に対応するが、プライベートでは用のないやり取りをあまりしないし、文面も至って簡潔だ。だから、疑問符付きで送ったメッセージに返事がこないと、こんなにもどかしくなるとは知らなかった。

立ち上がって冷蔵庫に向かう。テーブルにネイルのボトルをずらりと並べ、スケッチブックを広げて新しいデザインを考案中のかおりは、一顕が三本目のビールを取り出すのを視界の端で捉え、かすかに安堵の表情を浮かべた――ように見えた。酒量に比例して性欲のメーターが下がるタイプだと知っているから、これで今夜は誘われないですむ、と。勘違いかも、被害妄想かも。しかしそれを確かめることは、一顕にはできない。プルタブを起こすのと同時に、携帯がふるえた。

『残念ながら、彼女はいません』

別に「残念」なんて思っちゃいないくせに。とっさにそう感じた。推測をそのまま、送ってみたくなった。「残念」なんて、僕に合わせた社交辞令でしょう？　彼女がいない自分は「残念な男」だって下手《したて》に出て、相手を立てるための、コミュニケーションの潤滑油《じゅんかつゆ》……少々とげのある物思いに、いら立ちを自覚した。顔も知らない、名前も住んでいる場所も知らない、いつ交流を断ってもおかしくない相手から上っつらの気遣いを示されて、軽くむっとしたのだ。そんなの、リアルの人間関係で否応《いやおう》なしにしてるんだから今はいらないでしょうと言いたくなった。

でも相手にしてみればそれほどの他意もない、何の気なしの「残念」かもしれない。どうも時間があると考え方がくどくなりがちだ。一顕は「ひとりはひとりで楽ですよね」と穏便《おんびん》にしたためた。三五〇ミリ缶の残量が少なくなってきた頃、「ところで、あなたの回答をまだ聞いていませんでした」と来た。

『彼女さんからの「正解」は伺いましたが、あなたが「女」をふたつに分けるなら、どう答えるのか興味があります』

自分の回答は用意していなかった。一顕はビールを呷《あお》って飲み干すと、「もう寝るな」と声をかける。

「うん。あ、缶そのままでいいよ、私が洗う」

「ありがとう、おやすみ」

「おやすみなさい」

歯を磨《みが》いてベッドに入り、ふと昔のメールデータを呼び出してみた。かおりと知り合ってから携帯は二度替えたが、中身はマイクロＳＤに保存してある。

知り合ったばかりの、ぎこちない敬語でデートの段取りをするメール。けんかして気まずくなった時のメール。ごく普通の恋人同士のメール。一顕同様、かおりもメールにさほどの労力を使わないタイプだけれど、それでも「会いたいね」とか「大好きだよ」という内容のものを少なからず送ったり送られたりしていて、懐かしいというより、知らない男女の歴史に思えた。

今は、互いに飲み会の予定とか買い物の依頼、共同生活者としての用件が主だ。もちろん「寒いから、風邪引かないようにね」とか「遅くなるようだったら迎えに行くから電話しろよ」といった労《いたわ》りはちゃんと表明し合っている。愛情が冷めたからメールでいちゃつかなくなったという単純な話ではない。離れて暮らすうちは、適度に火を入れ温めてやらなければならなかったものが、同棲を始めて常温保存可能になった、そんな感じなのかもしれない。

つき合う手前のメールを読み返す。

『あのね、これから会いに行ってもいい？　私、萩原《はぎわら》くんのこと好きになっちゃったかもしれない。このままじっとしてられないから今すぐ会いたいの』

思いきりのいい、かおりらしいメールだった。男の告白を待ったりせず自分から飛び込んでくるまっすぐさも好きになった一因だった。このメールを受け取った時は、会社の借り上げマンションでひとり「よっしゃ」と声を上げてしまった。「俺が行く」と返事を打つのもどきどきして指がうまく動かなくて苦労した。とにかく急がなきゃ、でもあんまり変な格好もしていけない、とクローゼットのハンガーをがちゃがちゃ探ったり。

胸を鳴らして「会いに行く」という行為。何てぜいたくなんだろう。互いが互いのごちそうだった。求め合って満腹することに何のずれもなかった。食べても食べても、食べ尽くすということはないはずだった。

けれど今は、空っぽの皿の前でよだれを垂《た》らしている。恋人はテーブルにつきもしない。自分がひどく侘《わび》しかった。こんな気持ちに、かおりは気づいてもいないだろうと思うと尚更で、一顕は携帯をテーブルの上に手荒く置いた。

しかしすぐにまた手を伸ばし、最新の受信メールに返信する。

『やれる女とやれない女』

いきなりぶっ込んできたな。ベッドの中でシンプルかつ身も蓋《ふた》もない返信を見て整は少々戸惑った。こんな答え、彼女が見たら怒らないんだろうか。携帯を見ない派らしいが「私、携帯見ますから」と正直に申告する女はそうそういないと思う。そっくりそのまま信じているのなら、悪いけどちょっとおめでたいんじゃ、と思っていた。

あんまり深入りして、面倒が起こったらいやだな。軽く警戒はしたものの、まだ好奇心のほうが強かった。今までお行儀のいい文面しか送ってこなかったのに、一体どういう心境の変化か。どうしようかな。

考えていると寝室の扉がノックされた。

「はい」

「……まだメールしてるのか？」

顔を覗かせた和章がため息をつく。

「もう寝るよ」

「携帯のライトなんか近くで見てたら眠れなくなる」

「平気平気」

片手で携帯を持って、空いた片手は無意識に目元に伸びてしきりと指先でまつげを引っ張っていた。その仕草を見咎《みとが》めて和章がそっと手首を取る。

「……整」

「触ってるだけだよ」

「触るのもよくない」

「心配しすぎ」

「当たり前だ」

そう、和章の心配はもっともだ。両親に先立たれてから一時、整は心の均衡《きんこう》をあやうくした。大学三年生の時だ。交差点の多重事故に巻き込まれてふたりとも助からなかった。ぺしゃんこにつぶされた車内からは見覚えのないちいさな箱がひとつ見つかった。

赤い包装紙、赤いリボン、やたら鮮《あざ》やかなラッピングが両親の血だと気づいた瞬間、錯乱して泣き叫んだ。外側に怯《ひる》まず中を確かめて、「腕時計だよ」と教えてくれたのは和章だった。

——おじさんもおばさんも、整にプレゼントするの大好きだったもんな。

内定をもらったばかりの息子のために、早々と就職祝いを買いに行った帰りだったのだろう。クリスマスも誕生日も、プレゼントをもらう整よりずっと待ち遠しそうで、何日も前からそわそわしていた父と母。もう一生会えないなんて信じられなくて、信じたくなかった。弔《とむら》いが終わっても、四十九日を過ぎても、形見の時計を身に着けてみても、すこしも心の整理なんかつきはしなかった。

二日も三日も眠り続けた後に同じくらいぶっ通しで覚醒していたり、寝ついたと思えば一時間ごとに目を覚ましてはその都度自分の状況を認識し直して泣き出す、というのをひたすら繰り返した。夢遊病状態で裸足《はだし》のままふらふら事故現場に出かけたのも一度や二度ではなく、深い混乱の時期に、和章がどれほどの忍耐と献身を捧《ささ》げてくれていたのか、知っている。

恋人でもあそこまではできないだろう。じゃあ、恋人より上位の関係って何だろう。夫婦？家族？　どっちも悪くない響きだ。「恋人」を経《へ》た到達点としての関係ならば。

俺は本当に性格が悪いな、と整は思う。和章の心配をさも過保護だよって顔でいなして、ほんのすこし和章がむっとするのを愉《たの》しんでいる。人の気も知らないで、ああでもこんなに元気になってくれたんならそれでいい、あの当時は日常生活もままならなかったんだから……そうやって小言をこらえるのを。

お前の気持ちなら、よく分かってる。

お前の気持ちが俺にないのを、いやっていうほど。

「和章」

「ん？」

「こっち来て」

手招きすると、和章はベッドの端に腰掛けてその手を取った。

「やっぱり眠れないんだろ、牛乳でも温めようか」

「違うって」

和章は、絶対に整の手を強く握らない。いつでも離していいよ、と暗に伝えてくるかのような、優しく淡い接触。整は力を込める。ぎゅぎゅっと、二回、モールス信号みたいに。同じ動作が返ってくる。嬉しくなって笑う。でも和章のどこかには超高感度のアンテナが内蔵されていて、整がより深いスキンシップを欲すると同時に離れていくのだ。

「……おやすみ」

ほら、こんなふうに。もっと触れていたいとか、手だけじゃなく触ってほしいのにとか、頭をよぎった瞬間、察知されてしまうらしかった。和章が聡《さと》いのか、整がよっぽど分かりやすいのか。物欲しそうな顔してんのかな、と両手でぺたぺた頰を叩いてみる。こんなに始終警戒しなくちゃならないんなら、向こうも気が休まらないだろうと思うのだが、和章は「ずっと整と一緒にいたい」と言う。

——俺はこのまま整と暮らしたい。整の望むような関係にはなれないけど、ほかの誰かとつき合ったり結婚したいとも思わない。それじゃ、駄目か？

整のものにはならない、その代わり誰のものにもならない。その言葉にすがった。もちろん単なる口約束で、「やっぱり彼女ができたよ」という展開に陥《おちい》るおそれは常にある。でも今のところ和章が仕事以外で他人の気配を家に持ち込むことはなかった。いつどんな出会いがあるかは分からないにせよ、整はこのまま本当に「ずっと」が過ぎていくような気がし始めている。五年、十年、二十年。

優しく望まれ、優しく拒《こば》まれ続ける「ずっと」。

高いところに立たされたみたいに足下からすうっと感覚がうすれていく。ここは高いところだから当たり前か。命綱でも手にしたように、携帯をぎゅっと握った。メール画面を開く。

『じゃあ、男も「やらせてもらえる男」と「やらせてもらえない男」でしょうか？』

『まあ、そうじゃないですか？　僕、割と動物系のドキュメンタリー観るの好きなんですけど、繁殖のエピソードって大抵、圧倒的にメスが選ぶ権利ありますよ。オスは身体の色アピールして気を引いて、他のオスと命がけで争ってやっとさせてもらってる状態。人間も大して変わんないんじゃないでしょうか』

メスに興味ないからなー、と思う。というか、和章以外の生物に興味がない。

『人間の場合、繁殖だけが目的じゃないですし、もうちょっと複雑だと思いますよ』

と、少々の意地悪い気持ちをマイルドに表現してみた。彼女がいないと表明している相手に対して「やらせてもらえない＝自然界における敗者《はいしゃ》」なんてプリミティブな理屈を言ってくるのはいかがなものか。悪い人間じゃないけど単純、と整は素人《しろうと》なりにプロファイルしてみた。

『いや、複雑なのは分かるんですけど、結局のところはっていう……いや、僕の個人的な意見なんでお気を悪くされたならすいません』

お、すぐフォローしてきたな。単純だけどバカじゃない、と頭の中の所見《しょけん》につけ加える。

『悪くはしてないですよ。ただ、理解のある恋人がいて満たされていそうな人の考えとしては少し意外でした』

『ちなみに、あなたならどう答えますか？　男をふたつに分けるとしたら？』

今度こそ何か、試されているような気がする。

『据《す》え膳《ぜん》を食べる男と食べない男』

月曜の朝、地下鉄の中で一顕はそのメールを見ていた。土曜の夜に届いてから何度目だろう。自分から尋ねた手前何か返信しなくてはと思いつつ、指が動かない。何だろう、どこかひやりとする気配が文面から漂っているというか、うかつに感想など言えない雰囲気を感じた。誘われたものの至らなかった経験でもあったのか、それともうかうか至ってしまって修羅場《しゅらば》になった経験のほうか。

日曜は、かおりと共通の友人たちと日帰りでキャンプに出かけ、物理的にもメールする余裕がなかった。いつ結婚すんだよ、としきりにせっつかれると、かおりは「もうちょっとお金貯めてから」と答え、一顕はただ笑っていた。同棲の時点で互いの親にあいさつはしているから、この先ハードルらしいハードルはない。一顕が申し出ればすぐにでも現実的な話が進むだろうし、告白の時と同様にかおりから「そろそろ籍《せき》入れない？」と振ってくることもありえる。

——なあ、どうすんの。

黙っていると尚も追及された。

——いや、まあ、いろいろとタイミング見て……。

——お前、タイミングとか悠長なこと言って、もう一緒に暮らしてんだから次は妊娠しかねーじゃん。デキ婚はかわいそうだろ、かおりちゃんが。

——大丈夫だから。

酔っぱらって絡《から》み始めた友人を、かおりがさりげなく取りなしてくれた。

——私たちは私たちでちゃんと考えてるから。

助かったと思う反面、あそこでぶちまけていたら、とも思うのだ。この状況で妊娠したらすげーわ奇跡だよ、と。同年代の夫婦含むカップルばかり五、六組集まったが、自分たち以外の全員、ちゃんとセックスしているように見えた。内々にでも悩みを告白しようものなら、信じられない、気の毒、と同情されそうで、その疑心暗鬼が一顧を却《かえ》って上機嫌に振る舞わせた。かおりのために肉や野菜を取り分け、ワインを開け、後片づけだって率先《そっせん》してやった。帰り道、かおりは「きょう、一顕楽しそうだったね」と言った。

——外で飲むお酒っていい気分になるからかな？　ずっとにこにこしててかわいかった。

そう耳打ちされ、何組かで分乗させてもらっているワゴンの助手席から「いちゃいちゃすんなよ！」と冷やかされた。

おかげで今朝はぐったり疲れている。駅と直結した地下通路から会社に入り、机に向かうと週末に発注した名刺ができ上がっていた。

百枚入りの箱を手に取って「ん？」と眉をひそめる。

「名刺の名前が間違ってんすけど」と総務に電話して、すぐに駆けつけてきたのは半井《なからい》だった。ただでさえテンションの上がらない月曜の朝イチからこんなトラブル、しかも先日の一件があるから一顕の態度は自然とつっけんどんになる。あいさつもせずにこれ、と名刺の箱を突き出すと半井は一目見て「ああ」と言った。

「ほんとだ、萩が荻《おぎ》になってる。こちらのミスだ、申し訳ない」

何のためらいもなく深々と頭を下げられて、思いがけない潔《いさぎよ》さに内心でうろたえた。誰だよ発注したの、とか業者に文句言っとく、といったさりげない責任逃れを予想していた。実際、たまたま半井が内線を取っただけの話だろうし、即座に出向いてきて、これほど素直に謝られるなんて思ってもみなかった。

「きょう、使うよな。後どれくらい残ってる？」

「えーと、二、三枚です」

そこでさすがに文句を言われるだろうと思った。もうちょっと余裕もって発注しろよ、と。しかし半井は「取り急ぎ緊急用のを作ってくるから」と間違えた名刺を持って出て行った。緊急用って何だ、と訝《いぶか》しみつつ、ぼけっと待っていたって仕方がないので自分の仕事にかかっていると、三十分ほどで戻ってくる。

「これで取りあえずしのいでもらえると助かる」

差し出されたそれは、裏表と両面チェックしても、今使っているのと寸分違わない（ように見える）十枚ほどの名刺だった。強いて言うなら紙の手触りくらいか。もちろんちゃんと「萩《はぎ》原《わら》」になっている。

「どうしたんすかこれ」

朝の腹立ちもすっかり忘れ、一顕は驚いて尋ねた。

「いや、総務に名刺プリンターってあるんだよ」

急に名刺が足りなくなった、と駆け込んでくる人間はちょくちょくいるらしい。

「へえ、知らなかった」

「あしたにはちゃんとしたの届けるから。迷惑かけてごめん」

再度、きっちりと頭を下げられた。最前線たる営業として日常的に謝罪の大安売りをしている一顕だが、他人にそうさせると罪悪感が湧いてくる。こんなに恐縮させてしまうほど電話口で横柄《おうへい》だったのだろうか？　つねづね、クレーマーという人種にだけはなるまいと心に決めているので、たちまち恥ずかしくなった。

「や、いいすよ、大したことじゃないですから。ぎりぎりまでお願いしなかったこっちも悪いですし、こんな紛《まぎ》らわしい名字ですみませんて感じで」

「やっぱり、ちょくちょく間違われるのか？」

「しょっちゅうすよ。歯医者行ったら受付のおねーさんも当然のように『オギワラさーん』て呼ぶんで、こっちも訂正し飽きて普通に返事してます。……あ、そういえば半井さん、今週の同期会なんですけど」

「ああ」

と半井は頷いた。

「行くよ」

「じゃあ出席ってことで。場所とか詳細はまた後でメールしますんで」

「うん」

その後、すこしためらって「何か手伝えることあるか？」と訊いてきたのには面食らった。

「え？」

「いや……幹事、ひとりだと大変そうだなって」

「ああ……」

お気持ちはありがたいが、数十人規模の、しかも身内の宴会ひとつ仕切れないようでは営業など勤まらない。あいさつの順番や余興《よきょう》に頭を悩ませずにすむだけ気楽だ。

「いい店の心当たりとかあります？」

半《なか》ばはお愛想で水を向けてみたら「ほとんど外食しないから」というお答えだった。うーん、話にならない。

「大丈夫ですよ」

と一顕はいんぎんな笑顔を作る。

「セッティングとか接待はそこそこ慣れてますんで。それよか半井さんも覚悟しといたほうがいいですよ。同期会の幹事ってランダムなんで、いつ順番が回ってくるか分かんないでしょ」

その春の東京本社にいる人間から、幹事経験者を除いた全員が候補となり、人事部が無作為に白羽の矢を立て「よろしく」という感じでメールがくる。助っ人を頼むのは自由だけどそれも当人の人脈次第という話で、一顕は、二人も三人も幹事がいると却って面倒だから誰にも声をかけなかった。

「そうだよな」

半井は途端に顔をくもらせる。あまりにも目に見えて憂《ゆう》うつそうになったので「半井さんが幹事の時は俺が手伝いますよ」と言わずにおれなかった。

「俺、別にこういう集まりの裏方とか苦じゃないんで」

実際、半井にお鉢《はち》が回ってくるのか、その時一顕が本社にいるのかどうか定かではない。だから軽い気持ちの口約束だった。けれど半井は「ありがとう」ととても丁寧な口調で礼を言った。

そして視線を一顕の胸元で静止させたような気がして、にわかに慌てる。つい先日駄目出しされた、あれだ。依然、かおりからプレゼントされたケースに入ったままのＩＤカード。しまった、胸ポケットに入れときゃよかった。

「えーっと……」

今から隠すのはわざとらしすぎる。一顕が口ごもっていると、半井は意外にもふっと口元をほころばせた。そして「いざって時は頼りにしてる」とカードケースの件には一言も触れずに立ち去った。

あ、何だ、いいやつなのかも。胸を撫で下ろしつつ思った。表情の変化も割と豊かだし、クールでそつないという印象は多分に先入観だったのかもしれない。まあ、前ん時は俺が悪かったしな。応急措置の名刺を名刺入れに補充し、外回りの準備を始める。出勤前までの倦怠《けんたい》は、ふしぎと薄れていた。

「俺って、そんなに怖そうな顔してる？」

夕食時に尋ねると、和章は意味が分からない、という顔をした。

「誰かに何か、言われたのか？」

「いや、今朝ちょっと同期と話したんだけど、別件で一度、俺が注意したやつなんだ。したら若干びびってる感じがして」

カードケースに目を留めた時の、萩原の慌てふためいたようすを思い出すとどうしても笑いが込み上げてくる。

「何だ、思い出し笑いなんかして」

「だって、かびた給食のパン、机に隠してたのが見つかった小学生みたいなうろたえ方だったんだよ。分かる？」

「分かるような分からないような」

こっちの失態《しったい》の後だったし、文句を言うつもりなんか全然なかったのに、でかい図体して何びびってんだか、とリプレイするたびおかしさは増すのだった。もっと鼻持ちならないやつだと思っていたのに、案外抜けているというか、かわいげがあるというか。

「俺は、怖いなんて思ったことはないけど」

最初の質問に、和章が律儀に答える。

「そうだな、でも、人によっては近寄り難《がた》い印象なのかもしれないな。整は口数も多くないし」

「ふーん……」

うそ、と整は思う。いつでも俺を怖がっているくせに。俺が次に何を言うのか、何をするのか、どうはぐらかすべきかって、ずっと警戒してるくせに。

でも口には出さず「改善したほうがいい？」と問うと「ちっとも」とかぶりを振る。

「職場で好かれる必要なんかないじゃないか。俺は今のままの整が好きだよ」

like以外に何の意味合いも含まれていない言葉。健康的だけど味気ない、薄っぺらいダイエットクラッカーみたいなそれを整は心の中でばりばり嚙み砕《くだ》き、飲み込む。まずくても他のものは欲しくない。

ジーンズのポケットの中で携帯がふるえる。

あ。

すぐさま確かめたかったが、食事中なので我慢した。その日は後片づけを和章に任せて、寝室でメールを開く。土曜の深夜、ちょっときわどい内容を送ってしまった。それで日曜は一切音信がなかったので、さすがに引かれたかもとちょっと落胆していた。変なこと書いてすみません、と更に送るのも却って気味悪がられそうだったし、短い交流は早くも終わったんだなと、半ば諦めかけていた。

『返信が遅れてすみません。他意はなく、多忙だっただけです。据え膳を食わない男がいるなんて、僕にはちょっと信じられないですね』

『膳がまずすぎるのと、食が細いんでしょうか』

『あれ、ひょっとしてまじで食べ物の話ですか?』

『違います』

『ですよね。大概《たいがい》の男は、大概の膳には箸《はし》ぐらいつけると思います』

そりゃそうだな、膳に載ってるのは女だっていう前提だし。整は「ゲテモノ料理ってことで」と手早く入力し、送信した。

『ゲテモノって、ひどいな』

それから、こう続いていた。

『けど、うまい膳が目の前にあっても、一口も食べられない男もいますし』

目の前の膳を食べられない男？

翌朝、整が『どういう意味ですか』と返すと、夜になって『そのままです』から始まる、長いメールが届いた。

『今つき合っている彼女と同棲して二年ぐらい経《た》ちました。多分結婚すると思います。でも一つだけ引っ掛かっててそれはセックスしてないってことです。してないっていうかしなくなったんですけど何かきっかけがあったわけじゃなくてちょっとずつインターバルが大きくなって気づけばもう一年ぐらいやってないです。僕はしたいけど彼女がいやがります。やめて触らないでってはっきり言われはしないんですけどマイルドに断られるからこっちもそれ以上言えなくてああまたかって。だからそのままの意味でした』

同期会は、会社から二駅離れたイタリアンダイニングで行われた。整は初めてで比較対象がないのだが、洩れ聞こえる会話から、萩原が幹事として優秀らしいのは窺えた。

「料理、おいしいよね」

「うん、去年はほんと、会費高くてごはんまずくていいとこなかったよね」

「そーそ、店員も態度悪いし。幹事、大沢《おおさわ》くんだったっけ？　人間性疑うぐらいのレベル」

「あと竹中《たけなか》くんとかだったでしょ、普段、俺いろんな店知ってますアピール激しいのにこのチョイスかよみたいな」

「自分から言ってくる人って大概残念だねー」

宴会の店選びごときで人格まで否定されちゃいますか。高いとかまずいは問題外として、うるさい店はいや、駅から遠いところもいや、立食は落ち着かないからいや、座敷は靴を脱がなきゃいけないからいや、商業ビルのテナントはトイレが店の外にあるからいや……どんどん選択肢が狭まっていく。ひとりでお役目を果たしている萩原に軽く尊敬の念が湧いた。

冒頭のあいさつも簡潔にして要点を押さえたものだったし、「人事部長から差し入れを頂いております」と絶妙のタイミングでシャンパンのマグナムボトルを取り出した時には拍手喝采《かっさい》が起こった。整は会場の隅っこからそれを眺めて、何でもできるやつだな、と思っていた。そして何でも持っていて、人生に不足など感じていないのだろう。でも前の時とは違って、反発を含まない素直な感心だった。

あっちこっちで席移動が行われ、ひとり消えても気づかない程度に座が盛り上がると整は立ち上がり、店の奥にあるバーカウンターのエリアに向かった。まだ参加者の関心は食い気にあるのか、無人で気楽だ。隅っこのスツールに腰掛け、ジンライムを注文する。酒の種類もふんだんでうまいし、本当にいい店を見つけてくるものだと思う。

それはさておき。ちびちび酒を舐《な》めながら、携帯を取り出した。ここ数日ぱったり途絶えてしまった通信のことを考える。どうしようかな。

長いメールを読み終えた瞬間の感想は「はあ」だった。はあ、そうですか、セックスレスってやつですか。今流行《はや》りの……っていったらあれですけど、割と見かけますよね、新聞とか雑誌とかテレビで。日本人は世界でいちばん回数が少ないとか、男の草食化がどうとか。ああでも、彼女がしたくないんですね、じゃあ草食男子には当てはまらないか。

はあ、そうですか、セックスレス……で、俺にどうしろって？　薄情かもしれないが本当にかける言葉など見つからなかった。互いに名なし、顔なしのどうでもいいやり取りをほのかに楽しんでいただけなのに、いきなりこんなトピックは手に余る。ピンポン玉をラリーしてたのに、ボウリングの球をごとっとよこしてこられたら困るよ。

ひょっとすると、先週からの女がどうの男がどうのっていう話題は、すべてこのお悩み告白のための布石《ふせき》だったのかもと思うとますます面倒になってしまって、きょうまで返信できずにいた。向こうから「忘れて下さい」という旨《むね》のフォローもなかった。

けれど今、改めて最新のメールを読み返すと、感情のごみ捨て場にされた戸惑いよりは、あわれみを覚えた。彼女の言い分を聞けないから実際の事情は知りようがないけれど、一緒に暮らすほど好きな女の子から応えてもらえないというのはつらいだろう。同族嫌悪ならぬ同族同情っていうのはありかな。同病相憐《どうびょうあいあわ》れむってやつか。傍にいるのに触れられない。

ただ違うのは、永遠に叶えられない願いと、かつて叶えられていたが取り上げられた願い。まあ俺の場合、痛々しいというよりはひたすらイタい、って感じ？　何か、送ろうかな。

本文も件名も入れていない空っぽの返信メールは未送信のフォルダに眠ったままだ。慰めや励《はげ》ましが欲しかったわけじゃないんだろう。でも完全にスルーして違う話題を切り出す、のは大人の気遣いとして正解かもしれないがこの場合違う気がする。どうしようかな。俺だったら、なんて言ってほしいのかな。

いつの間にか整は、真剣に考え始めている。

スーツの内ポケットを、携帯がかすかに揺らした。

「ちょっとごめん」

テーブルから離れ、グラスを持ったまま片手で上着を探る。

『お疲れさま！　幹事さん、楽しんでますか？　あんまり遅くなったり、朝までコースになるようならメールしてね。飲みすぎないように！』

かおりからだった。ふ、とごくかすかなため息をこぼして、一顕はそんな自分にびっくりした。

いやいや、何でちょっとがっかりしてんだよ。誰からならいいと思ってた？　答えはひとつしかない。一方的に長ったらしい、みっともないメールを送ってしまった「誰かさん」だ。

あれを送信した夜、かおりとすこし、よくないことがあった。といっても、すでにおなじみの、誘って玉砕《ぎょくさい》した流れに過ぎないのだが、日帰りキャンプの一件も手伝ってか妙にこたえ、一顕はものすごい勢いで己の現状を説明したメールを作成し、勢いのまま送信してしまった。

その場ではすっきりしたが、翌朝、改めて内容を読み返し頭を抱えた。うあー、やっちゃった。まずいだろこれはただの危ないやつだよ。取り繕《とつくろ》う文面はいくつか考えた。酔っ払ってて、とか見なかったことにして下さいとか。でも見え透いた言い訳で取り繕うほど墓穴を深くするだけだ、と思えて結局何もしなかった。

どうということはない。あれをかおり本人や友人知人に宛ててしまったのなら青ざめる事態だが、どこの誰とも知れない他人だ。別に、気に病むほどの軽挙《けいきょ》でもない——そう、頭では分かりながら、一顕は沈黙に焦《じ》れていた。

やっぱり引いたか、引くよな、俺だって逆の立場なら気持ち悪いって思う。でもそれならそうとはっきり言ってほしい、というのはわがままだろうか。単純に困惑して様子を見ているだけかもしれない。だったらやはり一顛からアクションを起こすべきか、でもアドレス変わってたり受信拒否になってたりしたらへこむんだけど。

我ながら、どうしてこんなに悶々《もんもん》としてしまうのか謎だった。他愛《たわい》ないメールは言ってみれば朝の情報番組でちらっと流れる星占いコーナーみたいな存在に過ぎなかったはずだ。ランキングもラッキーカラーもすぐ忘れてしまう、わざわざテレビの前で待ち構えるほどのものじゃない、けれど見逃すとちょっと残念。その程度のお楽しみ。

なのに今、か細い糸が切れてしまいそうなのを結構本気で危ぶむ自分がいる。

俺はそんなに寂しいんだろうか。

かおりに返信するでもなく、携帯を握ったまま突っ立っていると「萩原！」と呼ばれてはっと我に返る。店内の、にぎやかな話し声や食器の立てる音が急に身の回りに戻ってきた。

「何やってんだ、こっち来いよ」

「うん」

仙台の支社からこの春戻ってきたばかりの同僚が、数センチ飲み残したグラスにビールを注ぎ足す。ばかげてる、と思った。仕事は順調で、きちんと下見して決めた店は今のところ好評で、恋人とだって、うまくやっている。寂しいだなんて、気の迷いだ。さっきの腑抜《ふぬ》けた自分を戒《いまし》めるようにぐいっと酒を呷る。

「お前、彼女とまだ続いてんの？」

「まだって言うな。そっちこそ、新しくできたんだって？」

「情報早いな」

「仙台の子なんだろ」

「そ。くっついた途端に遠距離だよ」

「そりゃ――」

寂しいな、と言いかけたが今しがたの物思いがとっさによぎり言葉はつんのめった。

「――タイミング悪いな」

不自然な間を、特に突っ込まれはしなかった。

「まあ、新幹線乗りゃすぐだし」

「写メないの写メ」

女の子が割って入る。

「見せませーん」

「けち！　えーじゃあ、どこに惹かれて好きになったの？」

「女ってほんとそーゆー話好きだよな。好きになったとこ？　そうだな、性欲強いとこ？」

しれっとした発言に、「えー」と呆れ混じりの笑いが起こった。

「先週会いに行ったんだけど、一泊二日でゴム六個持参したのに足りなくなっちゃって」

「さいってー！」

最低、か。それは「性欲の程度」というおつき合いの基準に対してか、大勢が集う場で平然と暴露してしまえる神経に対してか。まあ当の彼女が聞いたらいい気持ちにならないのは確かだ。

「セックスに対するスタンスが合う」って、例えば顔が好みとかスタイルが好みとか性格が好みとか、と同列に並べてはいけないものなんだろうか。逆に「あんま性欲強くないとこが好きで」と言っていたら、「最低」という評価にはならない気がする。

話題はとっくに仙台の観光スポットに移っていて、ひとり置き去られたように立ち止まって考え込んでいる自分に、また「寂しい」という言葉が浮かんでくる。そんなはずない。

軽く頭を打ち振り、別の卓に移動しようとしたら店の片隅のバーカウンターにひとりで座っている半井が目に入った。どういう風の吹き回しか出席したはいいものの、やっぱり居心地が悪いのだろう。

声をかけようとして近づいたが、半井が一心に携帯を見つめているのに気づいて立ち止まる。どこか思い詰めたように真剣な横顔だった。

あ、彼女いるんだ、と自然に思った。そういう、仕事でも生活でもない、もっとウエットな感情を含んだ顔つきだ。けんか？　別れ話？　間違ってもデートのプランを練っているところには見えない。漂う憂《うれ》いは、まつげの影が長く目元に落ちているせいだろうか。下向きに枝垂《しだ》れるように長く伸びていて、妙につやつやと水分の多そうな黒目も相まって、その眼差しは何だか小学校で飼っていたうさぎを連想させた。目元だけクローズアップするとやつらは人工物みたいで、ちっとも愛くるしくなんかなかった。何を映しているのか分からない瞳。覗き込む自分、しか見えなくても目が離せなくなりそうな瞳。

ずっとこのまま眺めてたらどうなるのかな。俺に気づいたら、今度はどんな顔をするんだろう。

しかし気まずくなるのはいやだったのですぐに好奇心を封じ込め、さもたった今やってきましたよ、という体《てい》で「半井さん」と明るい声を出す。半井はゆっくりとした動作で一顕に顔を向け、ただ、知っている顔に会ったというそれ以上でも以下でもない表情を見せる。

「半井さん」

屈託《くったく》のない声が、煩《わずら》わしかった。何だよ、今考えごとしてんのに。もうちょっとでいい返し思いつきそうだったのに。でも中断せざるを得なくなると、荷物をひとまず網棚《あみだな》に置いたような安堵もあるのだった。

「隣いいすか？　あ、ビール下さい。カールスバーグ」

返事を待たずに隣に座るとさっさと自分のぶんをオーダーしてしまった。落ち着かれるのは少々気詰まりだったが、まあ、すぐお声がかかって立ち上がるに違いない。「萩原ってさ」と整から話しかける。

「はい？」

「何で俺に、微妙な敬語なの」

「微妙？」

「なになにすよ、とか、なになにすね、とか。本来は正しくないけど、みなし敬語っていうか、そんな感じの」

「みなし敬語ってうまいな」

びんのまま差し出されたカールスバーグは、きれいな緑色をしていた。春だな、と急に思う。

「別に意味はないんですけど、あれだ、社員名簿見てた時。生年月日書いてあるでしょ、あ、ちょっと年上って思って」

「社員名簿？」

入社したての頃配られた、あれ？

「俺、一度も開いてない」

といって個人情報満載だからうかつに捨てられないし、こんなくだらないもの経費かけてまで作るなよと思う。

「一度もですか、それもすごいな。どんだけ同期に興味ないんすか」

「だって……」

顔写真は、何だか遺影を連想させるからいやだ——などと打ち明けたら引かれるので言わない。

「それで萩原は、逐一《ちくいち》誕生日把握《はあく》して、自分よりせいぜい数ヵ月上か下かで使い分けてんの？ものすごくまめだな」

「違いますよ、それじゃただの変人でしょ。何となく覚えてたってそれだけ……普通にしゃべったほうがいい？」

「いや、萩原の好きにすれば」

「じゃあこのままで」

「うん」

話題がなくなってしまった。仕事の話などしたくないし、かといって萩原のプライベートには関心がない。こっちから無理にネタ探す義理もないか、と黙って手近にあった落花生《らっかせい》の殻《から》を割っていると、今度は萩原が「半井さんって」と言った。

「まつげ、長いすよね。女子がまじ羨望《せんぼう》でしょ」

「は？」

また脈略《みゃくらく》もなければ突拍子《とっぴょうし》もない話だな。

「持ち上げたらきれいにくるんってなりそう。うちのやつで」

「ああ、『まつげ美人』ね」

テレビや白物《しろもの》の売上はここ何年もお寒い限りだった。その代わり、というわけでもないが、最近は美容家電や空気清浄機が好調で、この男が電池式のホットビューラーだのスチーム美顔《びがん》器《き》だのをPRしているところを想像するとおかしかった。

「何で笑うんすか」

「何でもない。……萩原はまつげ上げてみたことあんの」

「そりゃ自社製品なんですから使うでしょ」

からかい半分の問いにあっさり答える。

「美容部門って開発も営業も女ばっかかと思ってた」

「奥さんとか彼女へのプレゼントにいかがですかって売り込むのは男のほうが説得力あるから。あとは、男の僕でも簡単にカールまつげが作れましたって、アピール」

「簡単だった?」

「それがなかなか」

「駄目だろ」

「そうなんですけどね、実際、目元に何か近づけんのって本能的に恐怖するでしょ。俺、コンタクトしたこともないから。でも彼女が顔作るとこ見てると、アイラインもマスカラもぐいぐいやってて、見てるほうがはらはらするんですよ。そんで気を揉《も》んでるとあっち行ってよって怒られる。勉強のつもりなのになあ」

……こいつ今、顔作る、って言ったな。

整はちょっと前のメールを思い出した。若い女は皆そう言うのか。まるで自分が若くないように考える。

「女は慣れてるんだろ」

「まあ毎日の作業ですしね」

「そうじゃなくて、ものを入れられる、って行為に。眼球は穴じゃないけど」

萩原はすこし呆気《あっけ》に取られ、それから「びびった」とビールに口をつける。

「半井さんの口から下ネタとか」

「セクハラだった？　コンプライアンス室行き？」

「いや、ありすよ、全然あり、ただ意外だっただけ。全然そういう感じしないから」

そういう、って何だろう。セックスにまつわる発言か、考えること自体か。

「男なんか誰だって、頭ん中、そういうことでいっぱいだろ」と整は言った。

「女はどうすかね」

「彼女に訊けよ」

「それもそうか」

頷きつつ、実行するつもりはなさそうな口ぶりだった。化粧の過程をさらせるぐらいの仲でも訊かないもんかな。親しき仲にも？　それとも彼女がいやがるタイプなのかも。萩原ならあのメールに何て返信するんだろう？

訊いてみようか。知り合いからこんなメールもらってさ、と見せるのは別にルール違反じゃない、と思う。整が送ったメールを第三者に見せていても別に何とも思わないし、どこの誰だか、萩原にも知りようがないのだから。

……いや、でも駄目だな、何となく。無意識に、まつげを指先で扱《しご》いていた。いつもなら、やんわりと止める和章の手で気づくのだけれど、きょうは隣からの視線がそこに向いているのが分かって悪癖《あくへき》を認識した。

「……長いから邪魔なんですか？　それとも、俺がへんなこと言ったせい？」

「いや……これさあ、抜くと長くなると思うよ」

「え？」

「俺、昔、全部抜いちゃったんだよ。指で、こうやって上も下も。それでまた、いつの間にか生《は》え揃ったら前より長く伸びたような気がする。ビューラーとかマスカラでまどろっこしい小細工するより、一度根こそぎやっちゃうっていうのもありかもな。保証はできないけど」

「……まつげって、なかったら困るでしょ」

「何で？」

「いや……目にゴミが入りやすくなるとか」

「ああ、その当時ほとんど外に出ない時期だったから、特には。間の抜けた顔になってたぐらいかな」

「何で抜いたんすか」

「ストレス解消」

「はあ」

たぶん、それ以上踏み込まないほうが得策だと判断したに違いない。萩原は口をつぐむと整が小皿に散乱させた落花生の殻をさらに細かくぺきぺきと砕き始めた。ちいさなくずのまとわりつく指先は、確かに男の、節の目立つかたちをしているのに爪がつやつやと光って美しかった。


何だこいつ、と指の間で落花生をもてあそびながら一顕は席を立つタイミングを窺っている。今離れたら感じ悪いよな。誰か呼んでくんねーかな。まつげ完全脱毛って、メンタルやばいだろ。「ストレス解消」なんてしれっと話していたが、死なない程度に手首を切るのと意味するところはたぶん同じで、偏見はないつもりだが、こちらの不用意な発言でものすごく傷つけてしまうんじゃないかとおっかない。

でも抜いた（らしい）まつげが今は復活しているのだし、今こうしてしゃべっていても特に危険な兆候《ちょうこう》はなさそうだ。こんなにもさらりと言ってのけるというのは、もう完全に克服した過去だからだろうか?

にしても面倒くさいな。親しくもない相手にぶっちゃけんなよ——って俺か、それは。一方的にセックスレスの告白などされたどこかの誰かもきっと似た心境に違いない、と思えば席を立って逃げるのは、勝手に後ろめたい。

えーと、話変えなきゃ。その場を保《も》たせるトークくらいいくらでも出てくるはずなのに、焦《あせ》っているせいか、急ピッチの酒が回り始めているのか、何も浮かんでこない。

「——ゆび」

半井が、言った。

「は?」

「いや、萩原の指、やけにちゃんと手入れされてるなって思って。営業のマナー?」

「ああ……」

言われて、自分の指を見る。研磨《けんま》された爪の表面に、天井からぶら下がるランプがぼんやりと照《て》り映《は》えていた。

「うちの彼女、ネイルサロンで働いてるんすよ。そんで、たまにやってくれますね。伸びたぶんをやすりで削《けず》って、甘皮《あまかわ》処理して、表面磨《みが》いてマッサージして……」

「ああ、爪切り使っちゃ駄目なんだっけ」

「あんまよくないらしいすね」

「でもまどろっこしくない？　一瞬でぱちんってすむほうが、俺が爪ならいいな」

「爪に感情移入する人初めて見たな……」

「いい彼女だね」

「そうすかね」

社交辞令への返答としてもかなりぶっきらぼうな言葉が飛び出し、一顕は自分で自分にびっくりした。もっと照れくさい口調になるべきで――べきって何だろう。俺は何かを演じてるつもりなんだろうか。

「いや」

言い直さなければ、と思う。かおりのために、自分のために。

「そうすかね、じゃなくて、そうすね、うん。いろいろありますけど、俺にはもったいないぐらいよくできた子で、だから……」

爪を、整えてもらったのだ。向かい合って、かおりが一顕の手を取っていつもどおり丁寧に。仕事で一日中やってるのにいやにならないのか、と尋ねると全然、と答えた。

――楽しいよ。一顕の手だもん。

そう、一顕も、かおりの白くてすべすべした手に触れられているのが楽しい。たっぷり水を含ませたようにやわらかく、ひんやりしている。相手が手元に集中しているのを幸い、伏せた顔をじっと見つめた。やっぱり好きだ、と思う。すっぴんの、薄い眉や頬にまばらに散ったそばかすや、すこし眠たそうな目がかわいくてきれいだ。かおりは恥ずかしがるけれど。

——かおり。

——なーにー？

——する？

手の甲から指先までじっくりマッサージしていたかおりの手が一瞬止まった。

そして目を合わせないまま、冗談めかした口調で言った。

——お客さーん、うちそういうサービスはしてないんですよー。

やわらかな指で、きゅっと手を握り、「ふふ」と笑った。一体どこが笑えるのか、一顕にはまったく理解できなかった。

——はい、きれいになりました。おしまい。

完了の合図は、一顕の求めに対する宣言に聞こえる。

はい、そんなおねだりもおしまい。

かおりが道具を片づけ始めると一顕は「ありがとう」とだけつぶやいて寝室に向かった。

ベッドの中で、今のは何だったのかと考える。俺は、まじめに誘った。かおりは冗談で逃げた。

俺は本気だった。ものすごく緊張したし、また拒否られたらどうしよって、情けない話、怖かった。そういう俺の、精神的な真剣さを十としたら、さっきのあいつは一か二ってところじゃないのか。

え、何だ何だ、うまく頭が働かない。怒るとこだった？　でもセックス断られてマジギレって、それ今度ＤＶじゃないの？

ご期待に沿えず申し訳ございません、と土下座してほしいわけじゃない。だったら俺はどんな返事だったら気がすんだ？

言葉より、ただ、セックスしたかった。うんそう、当たり前。でもあいつはしたくないんだから無理強いはいかんよね。怒るよりもっといかんよね。婚姻と性交は両性の合意のみに基づいて成立しないと不幸だ。うん、そう。かおりがしたくないなら仕方ない。別にそれだけが目的でつき合ってるわけじゃないし。ほら、朝から晩まで働いた後で疲れてるのに、めし作ってくれて、洗濯してくれて、爪だってきれいに。

ベッドの真ん中にずぶずぶめり込み、ゆっくりと底なし沼に呑まれていくような錯覚に陥った。溝。深い溝にはまっていく。

ふたつのベッドの間の溝は、永久に埋まらない。

ぶる、と手がふるえた。正確には無意識に握り込んでいた携帯が、メールを受信した。それは取るに足らないショッピングサイトのセール告知で、でも、メール、と思った途端、一顕はいても立ってもいられなくなった。朝、『どういう意味ですか』と送られてきて、返信していなかったあのメール。受信ボックスから一通を選び、返信の画面を作成した。猛スピードで入力して、送った。

あの瞬間だけは何かから解き放たれたようにほっとしていたのだ。いや別に、何ひとつ解決してないいんだけど。

「わざわざ言い直さなくてもいいよ」

半井の鼻白《はなじろ》んだ顔が目の前にあった。

「仲いいんだな」

「はは」

今度こそちゃんと、照れ笑いというものができたと思う。

予定の時間を過ぎたので「一旦、お開きにさせてください」と全員を促《うなが》し、忘れ物のチェックや店側へのあいさつを大急ぎで済ませる。入り口では店員が「お持ちでなければお貸しします」と店名入りのビニール傘を差し出していて、外は雨らしいと知った。半地下の店なので、分からなかった。

外に出ると、半井が道端にひとり、佇《たたず》んでいる。まっすぐに天を仰《あお》ぎ、何かを探すように目を見開いている。車のヘッドライトがその横顔を照らすと、長いまつげが雨粒を受けて光って弾《はじ》けさせた。ほんの一瞬の絵だった。

そういうことで頭がいっぱいなんてご冗談でしょう、と言いたくなるほど、生ぐさい喜怒哀楽から隔《へだ》たった姿に見えた。

そして、もし今まつげがなかったら水が目に入って困ったでしょ、とも言いたくなったが、蒸し返したくはなかったのでやめる。「ストレス解消」と涼しい顔をしていたけれど、そんなふうにいびつに自分を痛めつけなければならない何が、この男にあったのだろうか。

でも俺には関係ないしな、とすぐにその疑問を振り落とし、店に戻って傘を一本借りてきた。

「半井さん、何やってんすか」

半井は、ぼんやりと一顕を見た。雨が、頰を伝って泣いてるように見えてぎょっとする。シャープで取っつきにくそう、というイメージからは程遠く、ひどく不安定な感じがした。

「雨降ってますよ」

「知ってる」

自分の問いも、半井の返答も何だか間が抜けていた。

「珍しくてさ」

「雨ですか？　ついこないだも降ってませんでしたっけ」

「うん。うち、駅直結のタワマンだから、全然濡れないんだよ。会社も駅とつながってるだろ？　だから、雨の音も、雨に濡れるのも久々で。傘も持たなくなってたし」

「何階ですか？」

「三十五階」

ならば、トタン屋根の騒音も届くはずがない。

「いいな」

「何で」

「うち二階で、めちゃくちゃ雨音響くんでまじ寝れない時とかありますよ」

「俺は静かすぎるよかそっちのほうが安眠できると思うけど」

「ま、ないものねだりっすね」

「たぶん」

「あ、雨の音好きなら、それだけ延々と流してるサイトありますよ。知ってます?」

「いや」

「作業する時はかどるって先輩に教えてもらったんですけど、俺は逆に気が散って駄目で。アドレス、送りましょうか?」

「うん」

「じゃあ、携帯のメアド教えてください」

さして知りたくもなさそうだったが一応頷いたので、一顕はスーツの内ポケットを探る——あ、しまった。

「すいません、会計の時クーポン見せて、レジに忘れてきちゃったみたいです。取ってきます」

「いや、そこまでしてくれなくてもいい」

いけない、立ち話の間にも半井の、薄いコートの肩の色が変わってきている。一顕はぱんっと傘を開いて差しかけた。

「どうぞ。店のロゴ入ってますけど」

「いいよ、返すのが面倒だ」

「月曜、会社に持って来てください。そしたら俺が適当に返しに行きますよ」

「そんなことまでするのか？」

「まあ、幹事ですから」

「萩原の傘は？」

「折りたたみ持ってます」

半井は軽く笑って、ようやく傘の柄《え》を握った。

「何で笑うんすか」

「……ほんとに、何でも持ってるんだなと思って」

「何でもって？」

「こっちの話だよ。ありがとう」

「二次会、すぐそこですけど」

「いい」

首を横に振るのは、たぶん分かっていた。

「……帰らなきゃ」

ああ、この人、やっぱりひとりじゃないんだなと、声を聞いて何となく察しがついた。雨音の届かない三十五階で待つ誰かがいる。ひょっとするとその誰かのおかげでまつげを抜かなくなったのかもしれない。他人事のはずなのに、一顕はなぜか「よかった」と強く思った。半井が信号を渡ると、信号の青は透明なビニール傘にぼんやりとにじむ。水の中の景色みたいだった。


家に帰り着いた時、まだ服がすこし湿っていた。

「雨降ってたのか。何で傘を持ってて濡れるんだ」

「ちょっと気持ちよくて」

「風邪引くだろ……これ、コンビニで買ったやつじゃないのか？　文字が書いてある」

「きょうの飲み会の店で借りたやつ。月曜、持っていかないと」

「じゃあ乾かしとく」

和章はビニール傘というものが嫌いなので、ちゃんと説明しておかないと即座に捨ててしまう。まだ使えるとかまだ新しいとかはまったく言い訳にならない。自分の感覚と合わないものを身辺に置くのが耐えられないのだ。

「すぐ風呂の用意するから」

「うん。編集の人、帰った？」

「とっくに——帰ったよってメールすればよかったな。ごめん、濡れずにすんだかもしれないのに」

無理して時間をつぶしていたのでは、と心配しているらしかった。

「いや、そうじゃないよ。編集の人は雨に降られてないといいな、と思って」

「大人なんだから何とでもする」

「俺もいい大人だよ」

「……早く靴脱げ。キッチンペーパー詰めとくから」

「うん」

玄関先で靴下も脱ぎながら、「結構楽しかったんだよ」と報告する。

「営業にいるやつとちょっとしゃべった。彼女がネイリストらしくて、爪、ぴかぴかにしてくれるんだって」

「要するにのろけられたのか」

「うーん、そうかも」

「俺ならばからしくて聞いてられないけどな」

和章は苦笑いして風呂場に行った。

のろけ、だった……よな？　と自分に問いかけてしまう。自信がないのは、ほんのわずかな間、萩原が見せた無防備な放心が忘れられないからだ。別に何も、おかしな話の流れじゃなかった。爪の話題から、萩原が彼女の話をして、いい彼女だな、と整が冷やかして——どうしてあんな、本のページをめくったら急に白紙だったような唐突さで。

……まあ、俺には関係ないけど。タオルに顔を埋《うず》める。鼻先にこもった雨の匂いをかぐ。耳には雨じゃなく、バスタブに湯の溜まる音が聞こえる。

湯船に浸《つ》かりながら、考える。和章の嫌いなもの。

ビニール傘。煙草。生成《きな》りか白以外のタオル。無地じゃない洋服（ワンポイントも駄目）。写真や絵入りのカレンダー。それらは今夜のような事情がない限りこの家に入ることすら許されない。他には——テレビ。浴室に備えつけのものがあったのを、わざわざ工事して取り外してもらっていた。だからその四角い部分だけ壁の色がすこし違う。携帯のストラップ全般も嫌い。シャープペンとボールペンがひとつにまとまった筆記具も嫌い。隙間収納用品とか突っ張り棒も嫌い、それから……結構偏屈《へんくつ》だな。

ああ、いちばん重要なものを忘れていた。

セックスだ。

顎《あご》の先まで湯でふやかしてから勢いよく立ち上がると、くらっとめまいがした。あれ、やばいな。頭も身体もひととおりは洗った後でよかった。壁に片手をつきながら扉を開け、タオルを巻きつけてバスマットにへたり込む。しかしすぐにそれすらだるくなり、脱衣所の床に転がって天井を眺めた。

あー、気持ち悪い。目を閉じると、ざー……と頭の中でノイズだらけのラジオがかかっている。血の流れる音なのだろうか。しばらくじっとしていると、足音が近づいてきた。

「……整？」

「うん？」

「風呂、上がったんだよな？　物音がしないから気になって」

「気分悪いから横たわってる」

「は？」

入るぞ、と断るのと同時に引き戸を開けた和章は「どうした」と血相《けっそう》を変えて屈《かが》み込んできた。

「いや、軽い湯あたり？　酒のせいかも」

このままでいいから、と言ったのだけれど「そんなわけにいかないだろう」と慎重に整の上半身を抱きかかえ、起き上がらせた。ゆっくりと血が下がっていくのが分かる。

「水飲むか？」

「いい」

「失敗したな」

和章がため息をつく。

「そんなに飲んでるとは思わなかった。お前が顔に出ないの失念してた」

「そんなに飲んでない」

「どっちにしたって酒の後の風呂が身体にいいわけない」

「和章」

「うん?」

生乾きの前髪が目の前にかかって邪魔だった。でも視界が悪いから言えるのかもしれない。

「好きだよ」

背中を支える手がすこし強張《こわば》った。けれどあくまで穏やかに「俺も好きだよ」と答える。

「じゃあ俺とセックスしてくれ」

酒のせいか、あのメールのせいか、萩原の恋人話にあてられたか。

「整」

「無理? なら俺にオナニーするとこ見せるか、俺がオナニーするとこ見てて。ちゃんと出すまで」

「……整」

驚きからはっきりと拒絶の響きに変わる。

「やっぱり酔ってるな、水を持ってくるよ」

「しらふならもっとえげつないこと言ってるかもしれない」

「整の口からは聞きたくないな……手、離すぞ、大丈夫だな？」

それより早く整は和章を押しやって立ち上がり、バスタオル一枚腰に巻いただけの格好でふらふら台所に向かう。冷蔵庫からミネラルウォーターの二リットルペットボトルを取り出すとじかに口をつけてごくごく飲み、蓋も閉めずに放置して寝室へと逃げた。和章のため息だけがその後をついてくる。

「……ちゃんと服を着て、暖かくして寝てくれ」

扉越しの声は、怒っていない。整を嫌悪《けんお》してもいない。ただ困惑して悲しそうだった。

後悔と恥ずかしさと申し訳なさではち切れそうな頭に、それでもまだ和章に対する筋違いな怒りが紛《まぎ》れ込んでしまう自分に呆れる。しんなりした髪を枕になすりつけるように寝返りを打つと、入浴前ナイトテーブルに置いた携帯が目についた。

手を伸ばし、指を動かす。それ以外考えられなかった。

『返信が遅くなり申し訳ありません。色々思うところといいますか、突然あまりにもプライベートな事情をぶっちゃけられてまあ正直困っていました。でもそのお気持ちというのは分かります。なぜ分かるかというのを以下にぶっちゃけます。僕は学生時代からの親友と暮らしていて、勿論《もちろん》男ですが僕は彼のことを好きになってしまい、セックスしたいと思っています。ただ彼にはちっともその気がなく、僕を恋愛の対象としては見られないそうです。それだけなら失恋として処理のしようもあるのですが、彼は僕とずっと一緒にいたい、とも言います。だから僕は未練と下心で動けない。あなたと立場は違いますが生殺しという点では同じです。実はさっきも酒の勢いも手伝って迫《せま》ってみましたがいつもと同じ拒否でした。今は一人ベッドでメールを打っています。僕の話は以上です。ありがとうございました』

送信。

もうこれが最後だろうな、と思った。仮にレスポンスがくるとして、『ホモ死ね』とか『嘘つけ、バカにするな』といった罵倒《ばとう》に違いない。惜しむ気持ちがあるにはあるが、あすの朝に後悔しているとしても、とりあえず今はすっきりしていた。ああばらしちゃった、と軽く胸のすくような。たぶん知っている人間相手では駄目で、かといって完全な匿名《とくめい》としてネットに書き散らすのも物足りず、あのメールの男がほどよい距離だったのだ。きっと向こうにとっても。

ところが、寝ようと思ったところに返信が届いた。たったの四文字。

『まじすか』

その率直な問いが妙にツボに入ってしまい、整はうっかり噴き出しそうになって枕に顔を突っ込んだ。笑い声が和章に聞こえてしまうと、頭の具合を本気で心配されるだろう。

ひとしきりくぐもった忍び笑いで部屋を満たしてから、ぷはっと顔を上げ、数回深呼吸した。めまいも吐き気も、もう治まっている。

整は取り急ぎ『まじすわ』と返信することにした。


今年の桜は早かった。テレビをつけると天気予報のコーナーで上野公園が映っていたが、まだ四月の初旬だというのに木の半《なか》ば以上を若葉のさみどりが占めている。

「一顕《かずあき》、きょう遅くなりそう?」

洗面所からかおりが尋ねる。

「いや、昼ごろ出てちょっと用事すませるだけだから」

「私、早めに上がらせてもらってお父さんと食事してから、実家に顔出すつもりなの。ひょっとしたらそのまま泊まるかもしれない」

「そっか、俺のことは気にしなくていいからゆっくりしてきな」

「ありがとう」

出勤するかおりを玄関まで見送ると、ぎゅうっと抱きついてくる。

「行ってきます」

「行ってらっしゃい」

ぽんぽんと背中を叩くといっそう嬉しそうにしがみついて離れないので「電車乗り遅れるぞ」と苦笑混じりに急《せ》かした。

エスカレートされるおそれのない状況だと、かおりはこうしてスキンシップを満喫《まんきつ》したがる。ただ手をつなぎ、ただ抱擁《ほうよう》し、ただキスをする。無邪気にくっついてくる恋人はかわいく、笑顔を見るのが嬉しい。だからなおさら、自分の性欲が醜《みにく》いものに感じられて苦しい。下心なんて抱かなければかおりはずっと笑っていてくれるに違いないのに。

幼い頃に両親が離婚し、母子家庭で育ったせいかもしれない、と玄関を施錠《せじょう》しながらふと考えた。離婚の理由は知らないが、こうして定期的に会っているから親子関係は悪くないのだろう。でも父親不在の寂しさは拭《ぬぐ》えず、恋愛感情よりは男から与えられる安心感みたいなものを強く欲していて、一緒に過ごす時間が増えるにつれ彼女の中で「家族」としてのウェイトが大きくなる……。

いやいや。扉の前で頭を打ち振る。絶対やだよ、お父さんの役なんか。でもどうしたらいいのか分からない。ため息をつきながら寝室に入り、ベッドに置きっぱなしだった携帯を手に取る。ゆうべ、というかきょう未明、最後に送られてきたメール。タイムリーなアドバイスが送られてきていた。

『思い切って一度、同棲関係を解消してみるっていうのは？　ちょっと距離をおいたらかのじょももう一度男都市てみてくれる可もしれなくない』

何度見ても笑える。誤字だらけだし、最後に至っては「どっちなんだよ」と突っ込みたくなる。きっと、ベッドでうつらうつらしながら入力したのだろう。スマホの何が便利って、かちかちと文字を打つ音がしないから、布団にくるまって光が洩れないようにすれば気づかれずにメールのラリーを続けられることだ。

向こうもそうだったのかもしれない。触れたくても触れられない相手に、背中を向けて。せめて気分転換になってりゃいいんだけどな、とやりとりの記録をさかのぼりながら思う。

同期会があった晩、一顕と同等かそれ以上のぶっちゃけ返しが送られてきて度肝《どぎも》を抜かれた。

まじすか。

まさかこんなカウンターを食らうとは。男に片思い？　てことはそっちの方でしたか、それはそれは……どうしようか？　嘘かもしれない。からかわれているのかもしれない。すこし悩んだけれど、一顕の返信は早かった。『まじすか』と正直な最初の感想だけを送ると『まじすわ』とやってきて、笑えた。こいつは嘘なんかついてない、と理屈じゃなく思った。そしてとにかく嬉しかった。返事があったことが。

『あ、すいません、疑ったわけじゃないんです。いや疑わなかったわけでもないんですけど。ええと、何ていうか、大変ですね、それは』

『まあお互いに』

『俺は、大変なのかな。好きな子が好きになってくれて、一緒に暮らせて、たぶん結婚もできて……。真剣に悩んではいますけど、大変って言うほどのことなんでしょうか？』

『どうかな。こんなこと言って気を悪くしたらすみません、お酒飲んだら暴れるけどいつもは優しい、とかパチンコさえ行かなきゃいい人、と構造的には同じじゃないですか？』

『さすがにそれと比べられると……』

『でも他人の目から見るとそんなもんですよ。望みのない片思いの俺と違って、ちゃんと両思いになって恋人同士で暮らしてるんだから、セックスするって、風呂とか歯磨《はみが》きぐらい当たり前じゃないんですか？　それを意図的に避けて片方だけに我慢させてるっていう状況はおかしいと思う』

『そのことを、彼女がどう思ってるのか分からないんです。俺が気づかないだけで、彼女が我慢してることもあるでしょうし。ほんとはちまちまメールなんかしてないで、ちゃんと話し合うべきだと思ってます』

『でもできないんでしょう。分かります。はっきりぶつかるの怖いんですよね。それだけ好きなんですよね。俺はすぐ言ってしまうし、求めてしまう。最近は向こうが困るのを分かっていて、気持ちに応えてほしいというよりはただ困らせたくてやっているような気もしてきました。こういう関係は絶対に良くない。そう思うのにやっぱり改善できない。一人でこらえているあなたは、俺よりずっと優しい性格なんだと思う』

秘密を吐き出し合った解放感なのか開き直りなのか、互いの文面は砕け、一人称も「僕」から「俺」に変わった。酒とかパチンコのくだりでは、はっきり言うやつだな、とちょっとむっとこないでもなかったが、そもそも愚痴《ぐち》ったのは一顕だ。そして、「好きなんですよね」という言葉が、ものすごくしみた。分かりますよ、なんてほかの誰かから言われたらきっとみじめな気持ちにさせられたと思うのに、一顕はふっと楽になったのだった。一時的な効能にせよ、それはとてもありがたいことだった。だからメールを続けた。

メールの着信で目覚めた。和章《かずあき》からだった。

『おはよう。きょうは会社に行くんだろ？　もう起きてるか？　朝はちゃんと食べてるか？』

わざわざメールしてきたのは、製品の試作があって、数人の同業者で借りている共同のアトリエ兼工房にこもっているからだ。とはいえたかだか数日の話なのに、きっちりと、おはようからおやすみまでの定時連絡を欠かさない。和章はいつだって冷静で、何に対しても過度に入れ込むということがない。

まだベッドの中だったが『食べた』と返信するとすかさず『何を?』という質問。『冷蔵庫のもの適当に』と嘘を重ねれば、今度は電話がかかってくる。

「おはよう」

『その声は、今起きたな?』

「ばれた?」

『分かるよ。ちゃんと食べないと』

「もう時間ない。昼過ぎには終わるから、外で何か食べる」

『俺も、夕方までには帰れると思うから』

「うん」

電話を切ると、またメールが届いた。どんだけ念押しすんだよ、と思ったが今度は和章からじゃない。

『おはようございます。昨夜は遅くまでメールにつき合わせてすんません。今朝、彼女が出がけに抱きついてきて、嬉しかったけどやべー勃《た》っちゃうよってちょいひやひやした』

朝っぱらから何の話だよ。整《せい》は笑い、ゆうべ、最後に送った自分のメールがどんなものだったのか思い出せずに送信済みフォルダを開いて誤字のひどさにまた笑った。睡魔と闘いながらだったとはいえ、悪いことをした。

その詫《わ》びと、朝から試練だね、というからかいを送ってようやく身支度を始める。

『まじすか』から約一週間、何だか本当に友達みたいになってきた。電話しようとか会おうとか言われたら断るだろうけれど。それは向こうも同じか。

土曜日だから電車の本数はいつもより少ない。ホームで待ちながら、端末に蓄積された往来《おうらい》を再読するのは適度に暇つぶしになった。当初の、お行儀のいいメール交換は何だったのかというぐらい、お互いあけすけに突っ込んでいた。

例えば、向こうからの質問。

『男が好きなの？　生まれてからずっとそう？　女の裸見ても何とも思わない？』

『男が好きっていうか、その友達が好き。いや、別にゲイって言われても構わないんだけど、本当にそいつ以外の男に興味ないし、昔は普通に彼女いたし……。でもどうかな。その手の、溜まり場みたいなとこ行ってみたこともあるんだけど、やる気にはならなくても、気持ち悪いとは感じなかった』

『よく分かんないな。男と女の身体って全然違うと思うし。俺が頭固いだけかもしれないけど。男でも女でもって言う割には、その、彼を抱きたいとは思わないんだろ？』

『向こうがそっちだったらやらせてくれるって言ったらするよ。でも言いそうにないし』

『だから一緒に暮らせてんのかな？　抱く側希望だったら、さすがに身の危険がしゃれにならなないもん。俺だったらどんな大親友でもちょっと無理だな。神経がすり減ると思う』

『今でもすり減ってるとは思う。わざとやらかしてる時もあるし』

『でも、それでも向こうは一緒にいたいんだ』

『そうみたい』

『すり減るマイナスより、傍《そば》にいるプラスが大きい』

『たぶん』

『いつかバランスが逆転したらどうしようって思う？』

『思う。変な話、その時を待ってるような気もする。実現したら、後悔して泣き喚《わめ》くかもしれないけど』

『難しいな。お互いに』


変なの、とやってきた電車に乗り込みながら改めて思う。こんなプライベートな問題について他人と語り合うなんて。不躾《ぶしつけ》ぎりぎりの率直な問いを、整は不快に感じていない。問われ、考え、文字というかたちにして吐き出す一連の流れが頭の中をクリアにしてくれる。そうか俺はこんなこと考えてたんだ、と新鮮な気づきを与えられる時もあった。たぶん鏡に映したように相手にとっての整も同じ位置づけで、互いが互いのカウンセラーみたいなものだった。

何百通メールを交わしたところで和章は整を抱かないし、セックスを拒《こば》む女が脚を開いてくれたりはしない。

それでもこのメールは互いにとって今や必要不可欠なものだと整は確信していた。どちらかの思いが成就《じょうじゅ》するまで。あるいは破綻《はたん》するまで。


地下鉄の駅から、会社の地下通路へとつながる鉄扉《てっぴ》にＩＤカードをかざす。ピピ、という電子音に続いてがちゃりとロックが解除される。あ、まだカードケース替えてないや、と思いながら扉を押し開けると、すぐ目の前に半井《なからい》が立っていたのでちょっとびっくりした。一顕から声を掛ける。

「あ、お疲れさまです。休日出勤ですか？」

といっても私服だから、さほど重要な仕事でもないのだろう。

「経理のパソコン、何台か入れ替えなくちゃいけなかったから、その立ち会いだけ。萩原《はぎわら》は？」

「こないだの店に傘返しに」

「わざわざ土曜日に？」

「平日忙しくて身動き取れなかったもんで。ずっと晴れ続きだったからよかったけどもう一週間経《た》ってるし、さすがにまずいなと」

返却された傘はまとめて会社で保管しているから、行きしなにデパートで買った菓子と一緒に持って行く、それが休日出勤の用事だった。

「大変だな」

「いや別に」

「傘って何本ぐらい？」

「十ちょっとです」

「結構かさばるだろ、俺も一緒に行くよ」

「え、いいすよ、そんな」

「俺が借りたのも混ざってるし、きょう暇だから」

とまで言われれば積極的に断る理由もなく、一顕は「じゃあお言葉に甘えて」と答えた。

「傘取ってくるんで、地上でタクシー捕まえといてもらえます？」

「電車でいいだろ、二駅だし」

「でもタクシーのほうが楽でしょ。俺が払いますよ」

「車、嫌いなんだ」

妙にきっぱりと言い切った。

「一緒に営業部まで取りに行って、電車乗ろう」

ふたりで電車とひとりでタクシーなら明らかに後者が気楽だったが「じゃあいいです」とも言いにくかったので、提案に従う。

傘を抱えてシートに腰を下ろすと、半井が持っているかばんがふと目についた。

「いいすね」

「これ?」

革製のクラッチバッグで、ずいぶん使い込まれているのか、表面は研磨《けんま》されたような艶《つや》を帯びた飴色に変わり、ところどころについた細かな傷がまたいい味わいをプラスしていた。

「友達が作ったんだ」と半井は言った。

「デザインの仕事してて」

「へえ、かっこいいすね。俺も欲しくなるな、そういうの」

「もう販売はしてないんじゃないかな。もともと、大した数作ってるわけでもないから……でも倉庫にちょっと残してるかもしれないから訊いてみようか」

「やー、いいすわ。欲しい気持ちはあるけど、俺が持っても似合わない気がします」

仕事では使わないにせよ、同僚とおそろいっていうのもどうかと思うし。

「そうかな」

「俺に似合わないっていうか、半井さんにすごくよく似合ってるって感じ。しっくりはまってる」

色合いとか、端っこが切りっぱなしで敢えて縫製《ほうせい》を施《ほどこ》していないところとか。うまく説明できないが、それはこの人が使って然《しか》るべき、という印象だった。

「……ありがとう」

半井が、ややはにかむように笑ったので一顕は心の中で驚いた。そんなに絶賛しただろうか、というか、持ち物を褒《ほ》めた程度でそんなに喜ばれるとは思わなかった。もうちょっと喜びのハードルが高い気がしていた。

「デザイナーになる人って、やっぱ美大とか出てんすか」

「いや、俺と同じ大学。普通だよ。人間工学専攻して……ただ、昔っから手先は器用だったな。小学生の時、夏休みに貯金箱作らされなかった？　あれのコンクールで総理大臣賞もらってた」

「天職すね」

「たぶん。俺は雑な性格でそういうの全然駄目だったから、なるべく下手に仕上げてくれって頼んで、自分のぶんまで作ってもらってた」

半井はやけにいきいきと話す。「友達」と言いつつ違うのかも、と一顕は予想する。女で、恋人。そういえば半井が返してきた傘はアイロンをかけたのかと思うほどぴっちりと折り目正しく巻かれていて、その一本だけ新品に戻ったような、何かしらの「主義」を感じさせる几帳面さが漂っていた。

雑、という自己評価が謙遜《けんそん》じゃないのなら、あれは半井以外の人間がととのえてやったのかもしれない。地上から遠く隔《へだ》たった部屋で待つ誰か。

駅に着き、ふたりとも立ち上がる。半井の私生活に思いを馳《は》せたって何の得もないが、こうしてつい想像を巡らせてしまうのは謎の人物とメールしているせいだろうか。

ささやかな用事をすませると、萩原が「昼めし食いました？」と尋ねる。

「まだ」

「じゃあどっか入りませんか」

「ああ。任せるよ」

「ちょっと歩きますけど、結構うまい洋食屋ありますよ」

「そこでいい」

公園を抜けたら近道らしかった。大方《おおかた》花の落ちた桜並木の下には、諦めの悪い花見客がたくさんいる。集まって騒げれば、花の盛りなんかどうでもいいのかもしれない。頭のすこし上を横切るように伸びている太い枝を、整はとっさに強く揺さぶってしまう。振り落とされた花びらが音もなく宙を漂った。

「何やってんすか」

萩原がぎょっとして咎《とが》める。

「俺、葉桜って嫌いなんだよ。残ってる花がしおしおしなびてて、生きながら死んでるみたいで気持ち悪い」

「そうかな」

穏便《おんびん》な答えを探しているようだった。ちっとも賛成できないけど、無下《むげ》に否定するのもな、と迷って泳ぐ目。萩原の、目頭《めがしら》からまぶたのカーブの頂点へと伸び上がっていくラインがとてもきれいな弓形なのにその時気づいた。

「……俺は、ピンクときみどり、一緒に楽しめて得だから嫌いじゃないです」

「なるほど」

「半井さんって」

「なに」

「車に轢《ひ》かれて、かろうじて生きてるけどもう絶対助からないって状態の犬とか猫に遭遇したら、ためらいなくとどめさしてやりそう」

「しねーよ」

突然語気を荒らげ、整はまた萩原を驚かせてしまった。「車に轢かれて」という言葉だけで足がふるえ出しそうになって、自分の芯をしゃんとさせるためには怒るしかなかったのだ。

「……すいません。残酷って言いたかったわけじゃないです」

そんなのは分かってる。俺が問題にしてるのはたとえ話のチョイスなんだ。でもただの同僚にくだくだ説明したって仕方がない。

いや、と口ごもった時、鼻先でつめたいしずくが弾《はじ》けた。

「雨」

「え？」

見上げると、ついさっきまで薄曇《うすぐも》りだった空が、重たげに黒ずんでいた。雲が雲を生みながら渦《うず》を巻くように分厚《ぶあつ》くなり、大粒の雨はふたつ、みっつ、たちまち無数に降ってきた。花見のグループがわあわあ騒ぎ、避難場所を探し始める。傘を返した足で雨に降られるなんて、間が悪いことこの上ない。

「うわ、ひでーな」

萩原は顔をしかめて公園の中心部、こんもりと木立《こだち》の繁る一角を指さした。

「あそこに、ちっさい美術館あるんですよ。雨宿りしましょう。急いで走ってもずぶ濡れになりそうだし、しばらく待てばやむでしょ」

「分かった」

明治から大正にかけて財を築いた実業家の私邸がそっくり文化財兼美術館になり、生前のコレクションが飾られている——チケット売り場の看板にはそう説明書きがあった。木々に覆《おお》われて入り口は分かりにくいし、取り立てて目玉になるような展示品もないのだろう、入場料は五百円と安く、人もまばらだった。

半券をちぎってもらった後で萩原は「ちょっと意外」とつぶやく。

「何が」

「半井さん、こないだみたいに雨に打たれてるほうがいいって言うかもしんないなって思ったから」

「こんな夕立みたいな降りじゃさすがに無理。それに……」

風邪を引くって心配するから——とか言ったら頭の悪いのろけみたいだ。フェードアウトした言葉の続きを訊かれはしなかった。外では梢《こずえ》が雨を受け止める音がする。建物の中は静まりかえっているから、緑の膜にそっと閉じこめられているみたいだった。

かつてのあるじの収集には一貫性がなく、印象派の風景画やら青磁《せいじ》の器《うつわ》やら水墨画の掛け軸《じく》やらが並んでいた。分類して一応の順路を組み立てた人間はさぞ苦労しただろう。整は美術にさしたる造詣《ぞうけい》も関心もないが萩原も同レベルらしく、散漫な品々をガラス越しに流し見、時折お愛想みたいに解説を眺めるだけだった。

らせん階段を二階へと上がり、またできばえも市場価値も定かでない書画骨董《こっとう》の間をそぞろ歩いて、順路の最後、奥の小部屋に進むと、今までと違う趣《おもむき》の、白い像がひとつきり置かれていた。こぢんまりとした収蔵品ばかりの中で、それだけが等身大の大きさだった。

でも立ち止まって息を呑んだのは、そのせいじゃない。

何だこれ、と思った。

修道女、なのだろうか。シンプルな、足先まですっぽり隠れそうな丸襟《まるえり》の服を着て、頭にも長い布をまとっている。寝台と高い枕にもたれるように上体を預け、横たわるポーズ。両手で胸と腹部を押さえ、目も唇も半ば開かれている。

キャプションを読むと、それは生涯を信仰と貧者《ひんじゃ》への施《ほどこ》しに捧《ささ》げた女性が、天に召される瞬間なのだという。十七世紀の彫刻作品のレプリカ。

死ぬ瞬間、神の下《もと》へ旅立つ瞬間。ならばこれは「法悦《ほうえつ》」という表情か。苦痛や恐怖と相半ばする恍惚《こうこつ》。白くつめたいはずの唇は、今にも湿った吐息をこぼしそうだった。シーツのひだ、着衣の複雑なしわがひどく悩ましい——と感じるのは単に溜まっているせいか？

制御のできない欲望に焦《こ》がれて身悶《みもだ》えている。

あるいは、自慰の官能のさなかにいる。

一目見て整は、そう思ったのだ。乳白の肌がもたらす、やわらかな陰影。隣に立つ萩原も何か感じるところがあるのか——えろいな、程度かもしれないが——ぴくりとも動かず凝視《ぎょうし》していた。雨は、弱いながらもまだ降り続いている。

吸い寄せられるように像を見ていたその時の感情は、興奮や欲望ではなく、哀しみに近かった。生きる限り、きっと性の葛藤《かっとう》から逃れられないんだろう、という予感。それは生の歓《よろこ》びでもあるのかもしれないけれど、どうしてこんなに不自由なのか。

隣の部屋で、誰かの携帯が鳴った。着信音ではっと我に返り、横を見ると、萩原も夢から覚めたようにぱちぱち瞬《まばた》きをする。

「——行きましょうか。雨、だいぶ小降りになってきたみたいですよ」

「うん」

エントランスホールに戻ってくると、整は「ちょっといい？」と壁際のベンチに座った。

「一件、メール打ちたいから」

「あ、俺もです」

三人掛けの端と端で、お互い携帯を取り出す。

居住地を特定されるような情報はこれまで出さないように気をつけてきた。けれどあれを見たら、どうしても教えたくなった。

『今、雨宿りに美術館に来てるんだけど、すごい像見た。すごいっていう表現が正しいのかどうかは分からないけど、俺にはすごく、ずんときた。あなたもそうじゃないかって気がする。もし東京かその近郊に住んでるんなら、絶対見てほしい』

送信してすぐ、携帯がふるえた。椅子ひとつ置いて隣でもほぼ同時に。

「……すごいタイミングだな」

「そうすね」

何となく気まずく顔を見合わせてから、またお互いの手元に目を落とす。たった今送信した相手からだ。整のメールに目を通してから返信するには早すぎる。

えらい偶然だ、と思いながら受信ボックスを開く。

『こんにちは。今、美術館で女の人の石像？　石じゃないかも？　を見ました。変な目で見るもんじゃないのかもしれないけど、やらしいっていうのか切ないっていうのか、何か身につまされました。おんなじの見たら、分かってもらえるような気がするんだけど』

「――は？」

と声が出た。萩原は「え？」と洩らした。同時に。

視線を交わす。整の目も、萩原と同じくらい見開かれているのだろう。まさか、と声にならない言葉。ふたりの時間が石のように固まる。

お前、が？

間違えてメールを送ってきた男。恋人のセックスレスに悩む男。整が悩みを打ち明けた男。萩原だった？　馬鹿な、そんな。でもここに他に、それらしい男はいない。

先に目を逸《そ》らしたのは、萩原だった。メールを打っている。すぐに整の携帯が鳴る。どうしよう。さすがに確かめるのが怖かったが、萩原の沈黙は、読むことを要求している。

おそるおそる、新着を開く。

http から始まるアドレスが記されていた。

『こないだ話してた、雨音流すサイト。言いそびれてたので。アプリもあります』

「今かよ」

思わず突っ込むと、萩原は、こんな時なのに笑った。まいったなあ、とちょっと困ったような、でもすっきりしたような、ごまかしじゃない、いい顔だった。


悠長にオムライスやカツレツを食べるような気分ではなく「焼き肉に変更しませんか」と提案すると、半井も同じ心境なのか黙って頷いた。

まったくの他人だと思ってぶっちゃけメールを送り合っていたのが会社の同期だった、という現実を受け止めるために、がつんと重たい食べ物を摂取《せっしゅ》しなければならない気がしたのだ。

昼間から営業している焼き肉屋に入り、生ビールをふたつ頼んでからメニューを開く。

「肉、どうします？　嫌いなものなければ俺が適当に選びますけど。ご飯一緒に食べる派ですか？　あとここ、テールスープが絶品なんで締めにお勧《すす》めです」

「……萩原」

半井がようやく口を開いた。

「はい」

「誰にも言うなよ」

「こっちの台詞《セリフ》ですよ——あ、ありがとうございます。肉の注文、いいすか？　この盛り合わせと、焼き野菜と、あと骨付きカルビ。タレと塩、半々で。お願いします」

ガスの火を点《つ》けて店員が去っていったのを見計らって一顒は「お互いさまでしょ」と言った。

「何でお前、そんな落ち着いてんの」

「慌てたところで、どうにもなんないじゃないすか。もういろいろ暴露した後ですし……弱み握り合ってんだからフィフティフィフティってことでいんじゃないですかね」

「結構図太いんだな」

「あたふたしたってしょうがない。いや、めちゃめちゃ驚きましたけどね」

「うん」

どういうコメントがふさわしいのか分からず、黙ってジョッキを持ち上げると、半井もならってくれたので無言の乾杯をした。

「意外」

中《ちゅう》ジョッキをごくごく半分ほど一気に空けてしまうと、半井はそうつぶやいた。

「何がですか」

「お前にそんな、深刻な悩みがあるとは思わなかった」

「どんだけ能天気に見えてんすか」

「そうじゃなくて……メールで言ったら角《かど》が立つからこらえてたんだけど」

「はい」

「よっぽど不細工とか、一緒に暮らしてるうちに太鼓《たいこ》のような腹になっちゃったとか、女にしてみりゃやむを得ない事情が、実はあるんじゃないのかなと思ってた」

「ご覧のとおりですよ。や、別にイケメンとか思ってないですけど」

「萩原が言うといやみだよ」

「お待たせしましたー」

肉の盛られた大皿がごとりと置かれると半井はトングを取り、たれのついたロースをためらわず焼き網《あみ》に載せようとした。

「え、何やってんすか駄目ですよ」

慌てて止める。

「何で」

「網にたれがついちゃうでしょ。タン塩から焼くんです」

「そうなのか？」

「焼き肉したことないんですか？」

「ここ数年は……昔、家族で行った時も、皆食べたいものから好き放題に焼いてた」

ああ、「雑な性格」って、的確な自己紹介だったんだな。仕事のこととなればカードケースごときに細かいし、繊細《せんさい》そうに見えるのに――いや、繊細じゃない、ことはないんだよな。

メールからも本人の言動からも、やや危ういエキセントリックさが垣間見《かいまみ》える。一顕も正直、こんなめんどくさそうな性格のやつが、もしごつごつしたむさくるしい外見だったら、片思いされてる男に同情するな、とひそかに想像していた。

それが半井だった。まあ、絵にはなるな、と思う。男を想って焦がれていても。黙って目を伏せているだけで憂《うれ》いの漂う顔立ちにはなるほど片恋が似合う——怒られるかな。

「じゃあ俺が焼いてもいいですか?」

「うん、任せる」

タン塩はすぐに火が通るので慌ただしい。載せて、ひっくり返してすぐ取り皿に上げる。レモンの果汁に浸《ひた》して食べる。また新しく載せる……しばし肉に集中する。

分厚い肉の部、に移り、二杯目の生をオーダーすると一顕は尋ねた。

「半井さんの好きな人って、ひょっとして、その、かばん作った友達ですか」

「……何で分かった」

「何となくですけど。何で好きになったのか訊いてもいいですか?」

半井は何かを言い掛けたがふっと口をつぐみ、網の上でしんなり熱に侵食されていくピーマンに視線を落とす。

「あ、すいません、無理にとは言わないです」

「いや、別にここまでばれてんだからいいや。俺の両親が、大学三年の時に事故でいっぺんに死んで、半年ぐらい精神的に落ちてた時期があった。その時にあいつがずっと傍にいて、俺が抜け殻《がら》になっても荒れ狂っても、しんぼう強く支えてくれた。それが理由といえば理由。両親の死がきっかけで恋愛感情に『気づいた』のかもしれないし、まったく新しく生まれた気持ちだったのかもしれない。それは俺にも分かんない」

はい、と一顗は片手を挙げた。

「ちょっといいすか？」

「何だよ」

「ぜんっぜん部外者だからはっきり言わせてもらいますけど、半井さん重い。すんごい重たい」

半井が不快げに眉根を寄せる。

「いやだって、その理由じゃ、友達として大事であればあるほど手なんか出せないでしょー。弱ってるとこにつけ込んだことになっちゃうもん。でもつめたくもできないし、相手のほうがつらそう」

言うほどに、眉間のしわは深く長くなった。

「そんなの俺だって分かってんだよ」

「ま、そりゃそうでしょうけど」

半井はまた、猛然とジョッキを空《から》にすると「お代わり」と三杯目を求めた。口元の泡を拭《ぬぐ》って、さっき一顗がしたように挙手する。

「じゃあ俺もいい？」

「どうぞ」

「お前こそ、実は一方的なセックスしてるからレスられてんじゃないの？」

「……どういう意味すか」

「前戯が一分とか濡れてないのに突っ込もうとしたとかマグロになって上で動いてって言ったとかいきなりくわえさせたとか顔にかけたとかハメ撮りしようとしたとか終わったらすぐ背中向けて寝るとか」

「し、て、ま、せ、ん!!」

仕返しのつもりか、それにしてもひどくないか、よくもまあそこまでぽんぽん言えるな、下世話な詮索を。

「どうだか」

脂身《あぶらみ》が一瞬炎を上げ、その煙の向こうで半井は、ふふん、とでも言いたげに頬づえをついた。心なしか目が据わって見える。

「しっつれーな……見たことあるんすか、俺のセックス！」

「見たことないから言ってんだろ。彼女に訊いてみないと分かんねーし」

「訊けるか……いや、そんな問題外の行動してませんから！」

やっぱり焼き肉屋で正解だった。肉の焼ける音、店内にこだまするオーダー、やかましい家族連れのおしゃべり、それらがいただけない会話をかき消してくれる。

「そんなことも訊けないで結婚しようとか思ってんの?」

そこを突かれると痛い。黙って端の焦げたハラミを自分の皿に回収して食べる。苦かった。

半井は新しいジョッキに口をつけてから「自分の親のセックスって見たことある?」と言い出した。

「え? ないですよ」

「そう? 俺、あるよ」

「軽くトラウマになんないすか」

「もうこっちもものの分かる年だったから。見たっていうか、中高生になったら夜更《よふ》かしするだろ、そんで夜中トイレとか立ったら両親の部屋から何となく気配がするわけ」

「うわ」

きつ、と一顕は顔をしかめたが、半井はけろっとしていた。

「平気だったよ。あーやってんだなーと思ったぐらい。日頃から仲よかったからかもな。夫婦とか親っていうよりは、子どものいるカップルって感じだった」

「ああ、いいすね、そういうの。いいなあ……」

何気なく言ったつもりだった。でもそのつぶやきには思いのほか真剣な羨望《せんぼう》がにじんでしまい、一顕は黙り込んだ。あからさまな性の話より、こんな憧れを知られるほうが恥ずかしかった。すると半井がトングを取り、食べ頃の肉を次々こっちによこしてきた。

「……何すか」

「別に」

ひょっとして、励《はげ》ましてるつもりなんだろうか。肉で。子どもじゃないんだから、と苦笑したら気まずさは消えた。

「半井さんの友達って、彼女はいないんすかね」

「学生時代はいたよ。でも長続きしないみたい」

「何で?」

「さあ。女のほうが、何考えてるのか分からない、好かれてるのかどうかも自信がないってこぼしてるのは聞いたな。物足りないんじゃない？　それで本人も、ああ別れたよ、ってけろっとしてるし」

うわー感じ悪い男、と思ったがまた逆襲されたらいやなので言わずにおいた。

「彼女とは普通にセックスしてたんですよね」

「俺?　それともあいつ?」

「両方」

「してたよ」

「どっち?」

「両方。でもあいつは、元から淡泊っていうか、あんま興味ないみたいだった」

据《す》え膳《ぜん》に興味を示さない、といういつかのメールを思い出した。半井だと知らなかった頃、一顕だと知られていなかった頃の。

「えー。そんな若い男が存在しますか？　半井さんの手前、かっこつけてるだけじゃなくて？」

「いやまじで。しなけりゃしないで全然困らないって感じ。夢精もしたことないかも」

「うそっ、もったいねー！」

「もったいないって？」

「え、だって夢精って気持ちいいでしょ」

「そうか？　起きたら出てるってだけじゃん」

「俺はその前の、夢の段階で覚えてますよ」

「嘘、たとえば？」

「えーとね、今までで最高だったのは中三の時。受験だったんで、まあ禁欲してたんですよね。一ヵ月目ぐらいかな、夢の中で富士山に登ってたんですよ。五合目に山小屋があって、扉を開けたら裸のおねーさんがすし詰めになってたんで、こう、手当たり次第に……」

「童貞だった？」

「はい。でも夢の中だから、スムーズに進んでるんですよね、ちぎっては投げちぎっては投げみたいな。で、朝起きたらパンツがもうえらいことですよ、世界地図みたいなしみがね、メルカトル図法で」

「バカだ、お前、バカすぎ」

半井は机を叩いて大笑いした。くだらない下ネタに過ぎないのに、こんなに屈託《くったく》なく笑えるのか、と思った。

「だから、夢精の気持ちよさ知らないなんて、男としての人生を半分ぐらい損してますよ」

「じゃあ萩原、彼女いなくていいじゃん。ずっと夢精で楽しんでろよ」

「それとこれとは全然違います」

「勝手だなー。ていうか、めんどくさいよな、男って」

「……そうすね」

女には女の煩《わずら》わしさが山のようにあるのだと分かっていても、しみじみと同意せずにはいられなかった。


店を出る頃、雨はすっかり上がっていた。半井は隣のコンビニに走っていったかと思うと、袋をぶら下げて戻ってくる。

「ちょっとこれ、しゅーってして」

衣類用の消臭スプレーだった。

「こういうとこは神経質なんすね」

「俺じゃないよ、あいつが嫌いなんだ」

「肉？　淡泊だから？」

「肉は食べるよ、焼き肉があんま好きじゃないみたい」

「どういう意味？」

肩や背中に向けてスプレーを噴射しながら訊く。

「何だろ、煙と音が充満する騒がしい場で、肉を焼きながら食べるっていう催《もよお》しが嫌い、なんだと思う」

「それで、半井さんは焼き肉食った痕跡すら消して帰んなきゃいけないんですか？」

「別に文句は言われないけど、俺の気分の問題。萩原だって、彼女がカレー嫌いだったらスパイスの匂いさせて帰ろうとは思わないだろ？」

「はあ……」

そうかもしれない。でも何かが違う、と思った。説明のつかない違和感を抱えたまま一顕は半井の全身に消臭剤をまく。

「ありがと」

ミント味のタブレットを含んで、半井は「じゃあ」と帰っていった。店で匂い消し用のガムはもらっていたが、それでは不十分ということか。

遠ざかる背中を見送りながら、濃い半日だったな、と反すうする。

ずっとメールしてたのは、半井さんだった。あの人は男に片思いしてて、両親を事故で亡くして、だから車が嫌いで、「車に轢かれて」と軽々しく言った俺に腹を立てた。咲きながら傷《いた》む花を嫌い、爪をすこしずつ削《けず》られるのを嫌う。

生きていない女の、なめらかな石の肌を思った。生きていて、抱くことのかなわないかおりの肌も。


楽しかったな、と家に帰るみちみち、整は考えていた。ことが判明した瞬間は冗談じゃなく心臓が停まりそうだったが、確かに萩原の言うように恥をさらしたのはお互いさまの、まさに痛み分け。図《はか》らずも「せーの」で種明かしをするタイミングだったのも、平等といえば平等だ。相手の素性を知ってしまえば何も言えなくなるだろうと思っていたのに、気持ちが高ぶっていたためか、それとも酒と肉の勢いなのか、メールよりきわどい話題をべらべらとしゃべってしまった。

でもそれを、後悔せずに、楽しかったと思い起こしている。あんなバカな話で盛り上がったのは何年ぶりだろう？　そもそも、誰かとバカ騒ぎしてはしゃいだのは何年ぶりだろう？　整は確かに社交的な性格ではないが、少ないながら心を許せる友人がちゃんといて、遊びに行ったり、朝までファミレスで笑い転げたりしていたはずだ。

いつから自分はそういった交遊と隔《へだ》たったのかと考えれば答えは「両親の死から」しかない。卒業に必要な単位はほぼ取れていたし、学校側でも配慮してくれたのでレポートさえ出せば好きなだけ家に閉じこもっていられた。いくつかあったバイト先には和章が事情を説明して辞めさせてくれて、一歩も外に出なくても、用事はすべて肩代わりしてくれた。

友人たちから、何らかのコンタクトはあったに違いない。でも整は、衝動的に携帯を浴槽《よくそう》に沈めてしまっていた。両親からのメールや、両親と写った写真が保存されているのが耐え難《がた》かった。

もう会えないのかな。何年も没交渉《ぼっこうしょう》で平気だったのに、そんなことを今さら思う自分がふしぎだった。和章からは『もうすぐ着くよ』というメールがきていた。

帰宅は、整がわずかに早かった。かばんを置いて手を洗っているとドアの開く音がした。

「おかえり」

「ただいま」

手洗いをそこそこに出迎えると、和章は、しばらく会えなかった時にいつもそうするようにじっと整の目を見る。眼球の中に、ここ数日の整が映っているかのように。

「整、食事は?」

「外ですませた」

「そうか」

同僚と一緒になった、とは言わなかった。経緯《けいい》を除けば大した情報でもないが、わざと省略したのか、無意識だったのか自分でも分からない。

いつも通りの手順でコーヒーを淹《い》れる和章に「なあ」と話しかける。

「うん?」

「平岩《ひらいわ》とか江添《えぞえ》って覚えてる? 大学の時の」

「覚えてるよ。どうかしたのか?」

「いや、今どうしてるのかなってふっと思って。全然連絡取れないまま、俺、卒業式も謝恩会も出なかったし」

「出られなかった事情なら向こうも分かってるよ」

磨《みが》き上げられた銀色のケトルが、青い炎にあぶられている。水蒸気を吹き上げる細い口から湯が注《そそ》がれる。ゆっくりと和章は腕を回し、ドリッパーの中に整然としたらせんを描く。コーヒーの香りが立ちこめてくる。

「連絡を取りたいんなら、フェイスブックでも始めたらどうだ? すぐ知り合いに行き当たるらしいじゃないか」

「うん」

静かな、ふたりの家、ふたりのキッチン。和章が選んだ真っ白なマグカップはどっしり無骨で取っ手が大きい。

そこになみなみと満たされたコーヒーの表面を見つめていると、別に連絡なんか取りたくない、と思えてきた。向こうは整の薄情さに腹を立てているかもしれないし、へたに旧交を温めて、和章と一緒に暮らしている現状を説明するはめになるのはいやだった。自分はともかく、和章が妙な誤解をされるかもしれない。

それに——。

「整?」

一瞬、何かがよぎった。でも和章の呼びかけでしゃぼん玉みたいにぱちんと弾けてしまう。

「……ん?」

「どうした、ぼーっとして」

「いや。めんどくさいからやっぱりいいや、っていう結論に達した」

何だそりゃ、と和章がいつもの顔でほほ笑む。

寝しなに、萩原のメールを思い出した。イヤホンを探してきて携帯に挿《さ》すと、アドレスをタップして雨音のサイトとやらに飛ぶ。そぼ降る雨の写真が壁紙になっていて、雨量や雷鳴も好みで調節できるらしかった。いちばん控《ひか》えめに設定して再生する。

ざあ……とたちまち耳の中で雨が降り出した。目を閉じると枕に、シーツに、フローリングにそれは広がっていく。悪くない、と思った。よく眠れそうだ。

雨音に満たされながら、整は唐突に閃《ひらめ》いた。さっき自分が何を思ったのか。

——それに、和章はフェイスブックなんか好きじゃないから。

そして、萩原の顔がよぎったのだ。居心地悪そうに消臭スプレーを手にしていた萩原の。何であんな反応をされなきゃならないのか、分からなかった。どうして萩原がちらついたのかも。でもまあ、大した問題じゃない。ちいさなしこりは音だけの雨に紛《まぎ》れて眠りの坂をころころ転がり、どこか暗いところへ落ちていく。目覚めたら思い出しもしないほど、ささいなことだ。


東京の地下鉄って本当に深い。新しい路線ほど深度が増す、当たり前の話ではあるが、エスカレーターを乗り継いで潜《もぐ》っていく時、眼下を覗き込んでひやりとする。透明な箱の中に蟻《あり》の巣を作らせるように、街の地下を断面で観察できたら穴だらけに違いない。ひょっとすると、びっくりするほど近い距離で隣り合った路線が通っているのかも。

乗り継ぎのためにいくつかのポイントで連結する、いくつかの区画で相互に乗り入れすることはあっても、基本的には交わらない。そのはずだ、と一顕《かずあき》は信じているが、信じている自分の無邪気さがふしぎでもある。だって、地下鉄の工法なんて何ひとつ知らないのだ。信頼の根拠を問われれば、ここは先進国日本で、きちんとした大人がきちんとした計画に基づいてきちんとコンクリートで固めて手抜きなどせず造ったはずだから、というバカみたいな答えしか出てこない。


「――っていうようなことを、六本木で降りるとよく思うんですよね」

「何で六本木？」

「あそこがいちばん深いらしいんですよ。大江戸線の。そのせいか、ホームに立ってると耳鳴りしてくる」

「繊細《せんさい》だな」

「至って健康。単なる体質じゃないすか？」

身体じゃなくてさ、と半井《なからい》は言った。

「心が。つか、そんなこと考えてたら生きていけなくないか」

「何で」

「だってそんなこと考え出したら、飛行機が落ちないって信じてるのもふしぎだろ」

「飛行機は皆の信じる気持ちで飛んでるに決まってるじゃないすか」

「じゃあ地下鉄も信じる気持ちで通ってるよきっと」

「冗談ですよ」

「俺だって冗談だよ」

「真顔で返してくんだもん」

パイントグラスがふたつ、立ち飲みのちいさな丸テーブルに運ばれてきた。最初の焼き肉屋でそうしたせいか、無言のまままちいさく乾杯するのがふたりで飲む時のならわしみたいになっている。

毎週水曜日は会社のノー残業デーに設定されていて、よっぽどのことがない限り、平社員が定時過ぎて居残っていると帰るようせっつかれる。とはいえ平社員だって遊んでいるわけじゃない。消化しきれなかった業務のしわ寄せはほかの日にくるわけで、一顕はついこの間まで「ありがた」すらつかない迷惑なルールだと思っていた。

でも、互いの正体（?）が露見してから、水曜日の会社帰り、何となく示し合わせてちょっと寄り道していくようになった。バルとか居酒屋とか狭い寿司屋、軽く食べて飲んでさっと席を立てるところ。長くて一時間程度。

「萩原《はぎわら》の彼女は、そういう話聞いたら何て言うの？」

「え、彼女にこんな話しないすよ」

「何で」

「だって――」

つまんないから、と言ってしまっては角が立つだろうか？　いや、そもそも人さまに到底《とうてい》聞かせられない話をするために互いが互いを必要とした以上、今さら気を遣ったところで……違うな、つまんない話って思ってるわけじゃない。

「何かちょっと、引かれそうじゃないすか？　こういうこと考えてんのって暗いっぽくて」

「お前って明るいの？　そして暗かったら駄目なの？」

「え、いや……」

半井さんは変わってる、と思う。こんなふうに臆面《おくめん》もなく人の根っこに触れる質問をしてくる時があるのだ。揚《あ》げ足を取る意図はなく、ただ分からないから問う、というスタンスは、子どもが大きな石を引っくり返して裏側を覗き込みたがるのに似ている。そこに何もいいものなんて隠れていない、と教えたところで意味はない。その時、その瞬間、見たいから持ち上げるだけだ。

「特に明るいとも暗いとも思ってないすけど――『彼女が思ってる俺像』みたいなのとは違うのかなって。でもギャップがあったらいけないってわけじゃなくて……まあ、何となくってことにしといて下さいよ。深く考えるほどの話でもないでしょ」

少々強引に締めくくってしまうと、深追いはされない。そんなたいそうな興味があるわけでもないから、というつめたさというのか、気ままさというのか、も子どものそれと似ている。

「じゃあ彼女とどんな話してんの」

「別にこれといって……もうつき合って長いし、無理してしゃべらなくていいから続いてんだと思いますよ。お互いの仕事の状況とか、後はまあ、テレビとかＤＶＤ観てああだこうだって」

「ふうん」

「半井さんは?」

「向こうからはあんま話しかけてこない。でも昔っからそんな感じ。こっちがしゃべるのをうんうん聞いてる時も、内容よりは『俺が普通にしゃべってる』っていうこと自体が重要みたい」

「じいさんと孫じゃないんだから……」

「ほっとけ」

「半井さんちってどんなテレビ観るんすか」

「ない」

「え、テレビが?」

「好きじゃないから」

その主語は半井じゃなくて、一緒に暮らしている「誰か」だと、一顕は何となく察した。半井がすぐ「お互いに」とわざわざ付け足したことでそれは確信に変わる。

「うちの親が、テレビ好きだったんだよ。テレビつか、映画。よくＤＶＤ借りてきた。いついつのデートで観たやつ、とか、部屋暗くして映画館みたいにしてふたりで観るんだ。週末の夜なんか、それで大体俺は放置されてた。邪魔するなよってはっきり言うし」

「寂しかった？」

「寂しがるほどちっさい頃の話じゃないよ。あーはいはいって感じ。でも、あいつに愚痴《ぐち》ったことあるんだ。俺は実の子どもじゃないのかもしれないって」

そこで半井の顔は不意にほころぶ。

「普通、そんなことないよって否定するだろ？　でもあいつは、それは俺には分からないけど、おじさんとおばさんはちゃんと整《せい》のことが好きだと思うよって、真剣に諭《さと》すんだ。気になるんなら役所で戸籍を調べよう、ついて行ってやるからとか」

「まじめー……」

「あいつ」の話になると、途端にいきいきする。その饒舌《じょうぜつ》さをあわれに思ってしまう自分は、底意地が悪いのだろうか？　だって好きになってくれない相手の好きなところを見つけてしまうのは悲しいじゃないか。まったく望みがない、と分かりながら、半井は諦める努力も放棄してしまっているように見える。

俺が言うなって話か。お互いさまだ。

ふと、表通りに目をやる。バルの壁面はガラス張りになっていて、白いインクでびっしり書き込まれたメニューの向こうに、夜のオフィス街の人混みを眺めることができる。

「――あ」

「ん？」

一顕の視線につられて半井も外を見た。

「いや、今、同期が通ったんすよ。企画開発の足立《あだち》って知ってます？」

「名前だけは。何かあった？」

「何で？」

「まずいって顔してただろ」

半井なら、言いふらしたりもしないだろうし、まあいいか。一顕は肩をすくめて「女連れだったんで」と説明した。

「俺、足立の彼女と面識あるんすけど、その彼女とは違う、知らない女の子」

うかつなやつだ。会社の近くを堂々と歩くのなら、知り合いに会っても素知らぬ顔をすればいいだろうに、一顕に気づいて明らかに動揺していた。

「妹とか、ただの友達かもしれないだろ」

「腕にしがみついて一緒に街歩くような妹もしくは友達がいたらそれはそれで問題でしょ。あー、面倒なもん見ちゃったな、軽くブルー入る」

「しないっすよ。んなややこしいことに関わりたくない。どっちの味方っていう話じゃなくてね、俺には関係ない」

「……そりゃそうだ」

半井は何かまだ物言いたげではあったが一応納得してみせると、頰づえをついて人の流れにぼんやり目を泳がせる。何かをはっきり見ている時より、そうでない時のほうが瞬《まばた》きの回数が多い、という実にささやかな発見があった。ああ、と急に気づく。もしこの人が女だったら、俺もじゅうぶん他人に会うとまずい状況だな。外から丸見えの無防備なところだし、ちっこいテーブル挟んでりゃ自然と顔も近くなるし。

男でよかった、と思う。恋人に言えない話をしている、という点ではやましくても、身体の間違いだけは起こりっこないから。

「あん中に、人に言えない関係のカップルって実は結構いるのかもな」

「そうすね」

こんなふうに、と一顎はガラスの品書きを指す。

「心の声が分かったら、えげつないこと考えてるのかも」

「奥さん死なないかなとか？」

「いきなりハードなとこきましたね」

「彼女にチクる？」

「ところでこの文字、こっちから見たら裏返しで見にくくない？」

「通行人にアピールしてんだから、外からちゃんと読めるようにしないと意味ないじゃないすか」

「で、いざ中に入ったら見えにくいっていうのも微妙じゃないか？　釣った魚に餌《えさ》はやらないみたいな？」

「いや全然違うと思いますよ」

一顕が笑うと、整はすこし不満げな表情になってガラスに指を伸ばし、連なる文字の余白をとんとん叩く。

「このへんにさ、修正液で落書きしてもばれないんじゃないかな」

「何て？」

「『セックスしてー』」

ちょうどビールを飲み込むところだったので、危うくむせそうになる。

「中学生かよ……」

「俺らの心の声って、そうじゃん」

「それはまあ」

ナプキンで軽く口を拭《ぬぐ》うと、「うちの城田《しろた》課長って分かります？」と尋ねた。

「知ってるけど、何？　また女と歩いてた？」

「違いますｏ　奥さん妊娠したらしいんすよ。四人目だって」

「少子化に敢然《かんぜん》と立ち向かってるな……」

「その報告してる時、たまたま本部長がいたんですよ。で、『何だ君は、まだ嫁とやってるだなんて案外変態だな』って」

「どういう意味？」

「もう完全に家族だから、性欲を抱くのはむしろアブノーマルって言いたいんだと思います」

「あー」

「半分以上はお愛想としてもですよ、既婚者は結構ウケてたんで、少なからず共感できる感覚なのかもしれないって思った」

「どうせその本部長だって家じゃ『お願いします』って土下座してんだよ」

想像するとちょっと笑えた。

「萩原もしてみれば？　土下座」

「真顔で言わないで下さいよ」

「だってまじで言ってるもん。それぐらいしないと、男が性欲抑えるきつさなんか女には分からないんだから。お前が『やらせて下さい』って頭下げたとして、俺はそれをみっともないとは思わない」

「……そう言う半井さんは」

「したことがない、とは言わない」

「結果は」

「それで解決してたら今お前とこうしてないって」

「はー……」

半井も半井ながら、そうまでされてもお断り、でも一緒には暮らす、という相手の男が不可解だった。昔からの友達なんだろ？　一定量の好意はあるわけだろ？　恋愛感情に転化できないっていうのはもっともだけど、武士の情けっていうか、気持ちを成仏《じょうぶつ》させてやるっていうか、ぐらつきはしないのだろうか。単純な勃つ勃たないの問題とは違う何かがあるんじゃないのか？　そりゃ、俺だってどんだけ拝《おが》み倒されたって男とはやれないと思ってるけど、たとえば長いつき合いの友達で、こういう容姿だと仮定すると——。

半井と、ぱちっと目が合って思わず一顕は顔ごと背《そむ》けた。

「何だよ」

「や、何でもないです、くしゃみ出そうになって……」

やばいやばい。うっかり具体的に思い描いてしまうところだった。禁欲の反動がもたらす想像力を甘く見てはいけない。

「要するに」

と自分の話題に引き戻して打ち消そうとする。

「俺がかっこつけてるって言いたいんですよね。もっとなりふり構わずさらけ出さないと何も始まらないって」

「始まるどころか全部終わるかもしんないから、安直には勧めないけど」

「んー、そうだな……」

ベッドの下の落とし物を探るように、頭の中に手を突っ込んで散らばった言葉を探す。正確に、過不足なく伝わるように話したい、と思うのだった。一生懸命になるのは、半井を通して自分自身と対話しているからだろうか。暗く深い場所へ潜っていく地下鉄。

「恥も外聞《がいぶん》も捨てて本気で頼んだら、相手はしてくれると思いますよ」

そんなに我慢させせてるなんて思わなかったの、ごめんね——というかおりの声を、たやすく頭の中で再生できる。

「でも福利厚生《ふくりこうせい》の一環で抱かせてもらって、その場でどんなに気持ちよくても、終わったら俺たぶん泣きそうになる。お情けで与えられたことと、それに食いついた自分の両方がみじめで」

「そんな卑下《ひげ》しなくてもいいじゃん」

と半井はやんわり言った。

「夫婦だって、『お勤《つと》め』とかいうだろ。冗談半分だろうと、やっぱり義務の側面って否定できないよ。結婚って、基本的にはセックス込みの契約だと思うし。お互いの気持ちとか体調とかがぴったり合う日にできればそれがいちばんだけど」

「俺たち、結婚してないし」

「でもしたいんだろ？」

「俺はね」

「社会人で同棲してて、結婚前提じゃない女はそういないだろ。……話逸《そ》れたな。傍《はた》から見てみじめでもこっけいでも、許し合えるのが恋人とか夫婦なんじゃないの？」

「俺はやっぱ見栄っ張りなんすかね。それとも、自分で思ってるよりは全然、追い詰められてないのかな」

「そんなことはないだろ」

「身体じゃなくて、心っていうか、俺が彼女を抱きたいっていう欲望の存在を肯定してほしい。認めてほしい。ただ傍にいたいとか手をつないで街を歩きたいっていう気持ちと同じ流れの中にそれは確かにあって、切り離せない俺の一部なんだって知ってほしい。何かね、今って、メインの川が流れてて、そっから遠いところに濁《にご》った沼がぽつんてあって、『立入禁止・性欲』って書かれた看板が立ってる、そんな気がするんです。沼の水をコップ一杯でも川に混ぜたら全部がうっすら汚れるからやめてほしい、って思われてるみたいな」

「……考えすぎだよ」

「そうかな」

「や、俺はそう思うって話。気休めぽかったらごめん。堂々巡りになっちゃうけど、腹決めてぶっちゃけるしかない」

「そうなんですよね」

ほとんど泡の消えたビールを飲み干して、覇気《はき》なく笑う。

「もう一杯頼む？」

「や、もう帰らないと」

「そうだな、俺も」

半井が伝票を取り上げる。次回は一顛が支払う。その次はまた半井が。いつの間にかそういう取り決めもできていた。

外に出ると、夜の風はまだそっけないつめたさで、ビール一杯ぶんの熱なんてすぐに消えてしまう。青信号を待っていると、半井がぼそっとつぶやいた。

「この人混みの中に、俺たちみたくセックスで頭いっぱいの大人っていないかもな」

「いやー、ゼロってこたないでしょ……でもあんまいても気持ち悪いな」

ああ。何だやっぱり、俺だって他人の性欲なんか「汚い」って思ってるじゃん。勝手な話。靴の先に目線を落とすと、隣に立つ半井の足下も自然と見えた。そのまま上へ視線を移せば伏し目がちの横顔に到達し、まつげの間から覗く瞳の黒さはちょっと怖いくらいだ。男にしては色白の、行儀良く整った顔の中でそこだけが良くも悪くもはみ出している感じがする。

この人のセックスの話は、別に気持ち悪くない。それがふしぎだった。同類だからか？　ならばむしろ、もっと嫌悪してもよさそうなものなのに。

メールでやり取りしていた頃、相手の顔や名前を知ってしまえば、途端に生々しさに辟易《へきえき》してしまうだろうと想像していた。加えて半井は結構な変わり者で、一顕が今まで友達づき合いしてきた連中とは全くタイプが違う。なのに、毎週のように待ち合わせてくっちゃべって、まるで——。

「おい」

「え？」

半井が怪訝そうに顔を向け「信号変わってる」と言った。

「ああ……」

気づけば周囲では人が向こう岸へと流れ出していて、自分の後ろでささやかな渋滞が発生していた。すいません、と謝ってから慌てて歩き出す。

「何考えてた？」

「……GW終わっちゃったなーって」

「もう先週の話じゃん、しっかりしろよ」

はあ、と一顕は締まりなく答えた。そうだ、しっかりしなくては。これから、地下鉄に乗って帰るのだ。かおりの待つ家に。

別れ際に萩原は「きょうは何かすいませんでした」と言った。

「俺の話ばっかしちゃった」

「いいよ別に」

「来週は半井さんがいっぱいしゃべって下さい」

「お前変わってんな。男同士の片思い聞いてどうすんの？」

「男同士の片思いじゃなくて、半井さんの話」

「同じだ」

「違いますよ——お疲れさまでした」

へんなやつ、と声に出さずにつぶやいた。萩原こそが整をへんだと思っているようだが、あいつだって大概《たいがい》だ。

テレビがないなんて、正直に言わなきゃよかった。えっ、ていう顔だった。いやそれより問題なのは、和章《かずあき》の方針でそうしている、というのを萩原が何となく気づいたらしいことだ。

別に我慢をしているわけじゃない。和章が好きじゃないなら、家に置くほどの値打ちを感じていない、ただそれだけだ。和章だってわざわざ「テレビを買わないでくれ」なんて言わないし——そうだ、あの時、萩原の眼差しから和章へのかすかな非難を感じた。和章が整を抑圧《よくあつ》しているように思ったのかもしれない。

そうじゃないのに。和章はああしろともこうするなとも求めないし、整が「テレビが欲しい」と言えば「いいよ」と頷くだろう。俺は苦手だから観ないけど、とも。

気持ちを押しつけ、縛《しば》りつけているのは整なのに、和章を誤解されるのはいやだ。

マンションに帰り、八基あるエレベーターの高層階用に乗り込むと、二〇階を通過したあたりで耳に軽い違和感が生じる。ぷ、と半透明の膜がかかってぺこぺこ外へ内へたわむのだ。気圧の変化のせいだろう。萩原が言ってたのも同じことなのかも、と思った。地上から離れる、という意味では上も下も大して変わりがない。耳が告げるのは、人間に適した場所じゃないよ、という身体からの警告に違いない。でもここが、俺の家なんだよ。

扉に鍵を差し込むその瞬間まで、きょうのできごとを反すうしている。「沼」って言ってたな。共通の悩みを抱えてると考えが似てくるんだろうか。

二重ロックを続けて開けると、「ただいま」と言う前に整は大きく息を吸い込んでいる。まるでこれから、水の中に潜っていくみたいに。


「知り合いの浮気現場を目撃したらどうする?」

「唐突だな」

北欧の工芸品を特集した雑誌をめくっていた和章が顔を上げる。

「いいよ、読みながらで。大した話じゃないし」

それでも手元に視線を戻そうとはせず、「浮気ってどんな？」と尋ねた。

「女の子が、べたーっと腕にぶら下がってる」

「で、ぶら下がられているのは男で、俺が男の知り合いだったらって前提か？」

「うん。男の本命の彼女も知ってる」

いかにも和章らしい几帳面さで設定を確認してから「言わない」と答えた。

「面倒だから？」

「いや、腕を組んでいるだけの状況を第三者が浮気と断定できない。何かの拍子にその件に触れるかもしれないけど、告げ口の意図はないな」

「もしキスしてたら？」

「同じだよ」

「じゃあ何してたら浮気になる？」

「大した話じゃない割に突っ込んでくるな」

「何となく」

「何をって決まってるわけじゃなくて、許容範囲の問題。恋人が外で何をしようが自由だと思うタイプもいるだろうし、他人に笑いかけるだけで不快だって人間もいるだろう？」

「和章にとってはどこからが浮気？」

「考えたことがない」

「今考えて」

「難しいよ」

そう言ってまた目を伏せた。特に難題を押しつけているとは思えないから、答えたくない、という意思表示をマイルドにしただけだ。いつもの和章。だから整は自分の話をする。

「俺は、身体だけなら何したっていいよ。腕組もうが手をつなごうがキスしようがセックスしようが。相手のことを何とも思ってなくて、いつ会えなくなってもどうでもいいって程度なら」

和章は整を見ない。

「でも、指一本触れなくたって、会話もしなくたって、心の中で思ってたら、そのほうが許せない」

「思っていようがいまいが、心の中のことなんて本人以外は分からないじゃないか」

「うん」

そのとおりだ、でもそう思うのだ。

「というかそれは、浮気じゃなくて心変わりだろう」

「ああそっか」

それきり会話が途切れた。ふたり掛けのソファは壁に向かっていて、本来ならテレビを設置するであろう場所には大きなモノクロ写真のパネルが一枚掛かっている。何の変哲もない水平線を写しただけで、どういうわれのものなのか整は知らない。有名なカメラマンの作品なのか、知り合いがたわむれに撮っただけなのか。

海はくろぐろと凪《な》いで、空は白っぽいグレーだった。どんな家にあっても邪魔にはならないが、取り立てて目を引くわけでもない、撮影者の自己主張がまったく見えてこない写真だった。和章はそこが気に入っているのかもしれない。デザイン系の展覧会に出品する時もあるが、本人は芸術に一切興味がない。器《うつわ》ならまだしも、絵や写真なんか「使えない」じゃないか、と平気で言う。生活の用途はなくても、ただそれがあるだけで落ち着くとか嬉しいという気持ちは理解できないらしかった。

じゃあ何の役にも立たない、どころか困らせるばかりの俺を傍に置いておくのはどうして、と訊きたくなる。

実際そうしかけたが、夕方見た萩原の顔が不意によみがえり、整は口をつぐんだ。お前って明るいの？　とか立て続けに問うたら当惑を浮かべて口ごもっていた。その時ちょっとだけ、あ、と自分の不躾《ぶしつけ》さが恥ずかしくなったのだ。

でもどうして、今思い出したんだろう？　自分に尋ねても答えは出ない。整はじっと壁の写真を見つめる。実は壁に穴が開いていて、そこから見える風景のような気がしてきた。モノクロの海。水平線はぼんわりと淡く光を放散していて、今まで考えたこともなかったのに、この時初めて、雨上がりの海なのかもしれない、と思った。

その晩、久しぶりに両親の夢を見た。

ふたりとも、波打ち際にぽつんと置かれたソファに掛け、灰色の水面に浮かぶテレビを観ている。整はそれをすこし離れたところから見ている。懐かしい背中。画面から放たれる光でその輪郭《りんかく》は淡くふちどられていた。

きょうは何観てんだろ、とこの状況に何の疑問も抱かず考えて、ふっと心に影がよぎる。あれ、そういえば父さんと母さんって――。つま先がむずむずつめたくなる。潮が満ちてきたのか、砂浜が波に浸食されてきているのだった。

あ。

顔を上げる。両親の後ろ姿は、もう半《なか》ば水に没していた。それでもふたりは寄り添ったまま、整には見向きもせずテレビを観続けている。

何やってんだよ、と言おうとしているのに、どうしても声が出ない。一歩も進めない。父さん、母さん、危ないよ。こっちに戻らないと。

ふくらはぎ、膝、と冷えていく。もう海面からは両親の頭しか見えない。

「――っ……!」

精いっぱい振り絞ろうとした自分の声は、ひゅっと甲高《かんだか》く裏返って喉《のど》の奥に吸い込まれた。

手足がびくっと引きつり、身体の中身だけががくんと揺れたような軽い衝撃で目を覚ます。高所から落ちる夢を見た時に似ていた。

「整」

和章が心配そうに覗き込んでいた。その顔はすこしぼやけていて、自分が泣いていたのに気づく。

「大丈夫か？　うなされてた」

「あ……うん」

目元を拭いながら起き上がり、掛け布団ごと膝を抱えて顔を埋《うず》めた。まだ鼓動が速い。いやな夢だった、とわななきそうな手をぎゅっと握って、でも心のどこかではそろそろ布団を夏掛けにしなきゃ、と考えたりもしている。悲しい時にも腹が減る、苦しい時にも風呂に入りたいと思う、感情の隙間にちゃんと「生活」が滑り込んでくる時、整は自分が生きている、と実感する。

夏掛けにして、タオルケットにして、夏を越えたらまた厚い布団、真冬には毛布を。その繰り返し。ずっと、死ぬまで。

この家で？

「何か飲むか？」

労《いたわ》りにかぶりを振った。

「いらない、テレビが欲しい」

「テレビ?」

「テレビ」

おうむ返しに答えると、和章は迷いの気配すら見せず「いいよ」と言う。ああほら、予想どおり。

「どんなのが欲しいのか決まってるのか? まだならあしたにでも電器屋に行こう」

何でだろう、と整はうつむいたまま途方に暮れた。こんなに優しくされて、許されて、なのにどんどん寂しくなる。

「うそ、いらない」

「整」

「テレビはいらない、和章が欲しい」

花いちもんめみたいだ。そういえばあれは、何だか残酷な遊びだった。

「和章が欲しいよ」

「……そういうことを言わないでくれ」

和章は整の背中を軽くさすってから「仕事してるから」と言った。

「何かあったらすぐ呼べよ」

何かって何だ、ひとりしかいない部屋で何が起こるんだ、呼んだところで、傍にいたところで、何もしてくれやしないくせに。和章に腹が立つ。同じくらい自分に腹が立つ。百のうち九十九与えられて、残りの一までどうしても欲しいからと、九十九の中にある思いやりや優しさを踏みにじっている。でも、駄々っ子みたいな自分をなくしたらそれはもう整じゃない。和章はそのほうがいいんだろうか。

肯定されたい、と言った萩原の気持ちもきっと同じだろう。

顔を上げる。電話したい、と思った。さっきまでの経緯《けいい》とか自分の気持ちとか、今すぐ電話してまくしたてたい。会ってしゃべるようになってしまうと、メールのもどかしさに耐えられない。思考を整理するという意味では役に立つけれどこんな夜には。

携帯に手を伸ばしかけて、あまりにも非常識な時間帯だとすぐに思い直した。けれど、暗い部屋の中であまりにもささやかな光が、点滅している。メールの着信ランプだ。整はなぜか一度、深呼吸をしてから受信ボックスを開いた。萩原からだった。『六本木駅』というタイトル。『地下四十三メートルぐらいだって。すごい深いような気も、大したことないような気もする』

何だ、まだ六本木の話か。人の気も知らないで。でもかすかに笑う。送信時刻はほんの十五分ほど前で、萩原もまだ起きているのだと思うと、むしょうにほっとした。

萩原もこの夜のどこかにいる。ひょっとしたら整と同じで、彼女に拒《こば》まれたのかもしれない。やりきれなくて眠れず、こんなくだらないメールでもよこさずにはいられなかったのかもしれない。

寝室にベランダがあったらよかったのに、と思う。手すりに寄りかかり、そうでなくともせめて窓があれば、外の風を浴びて明かりの灯った家を数えて過ごす。萩原んちはあそこかもしれない、あっちかもしれない、と。でもどちらも不可能だから、せめて返信を打つ。

『大したことないよ。うち、地上百メートルぐらいだもん』

『天空の塔すね』

その短いやりとりで何となく満足して、眠れる気はしなかったけれど、イヤホンで雨音を聞きながら目を閉じた。


寝不足がいけなかったのだと思う。

「いっ……！」

クローゼットの扉に思い切り足の指をぶつけてしまった。まっすぐにつま先から突っ込んだ瞬間、尋常じゃない痛みが末端で爆発して、軽い痺《しび》れとともに全身に伝わる。ぎゅっと目を閉じて中腰で扉に手をついたまま、その波が収まるのをじっと待った。

「……たー……」

ただぶつけただけじゃないな、という確信があったのでおそるおそる当該箇所《とうがいかしょ》を視認《しにん》する。

うわ。

かろうじて出血はないものの、右足の人差し指の爪に横一線のきれいなひびが入っていた。どうする、たってどうしようもないな。もう会社行かなきゃだし。心配性の和章が傍にいなくて幸いだ。あれからずっと自室で仕事をしていたのか、とうとう寝室には戻ってこなかった。

身支度はほぼ整っていたので慎重に靴下をはき、かばんを抱えてそっと家を出た。エレベーターを待ちながら、朝一で片づけなければいけない仕事を思い出したので行ってきます、とメールを打つ。その言い分を信じたのかどうかは分からないが『行ってらっしゃい、気をつけて』とマンションを出る頃に返信があった。きっと夜、うちに帰ったらいつもと変わらない和章が待ってくれている。ゆうべのことなんて、それこそ悪い夢だよと言わんばかりに、気まずい顔もしなければわざとらしくご機嫌を取ってもこないだろう。これまで何度となく繰り返してきた不毛。

和章の知らんふりは、整のためだろうか、それとも和章自身の？　ひび割れた爪はずきずき痛んだ。


総務部のある十二階でエレベーターを降りる。そのまま廊下を歩くと、背後で閉じかけた扉が再度開く音がした。「すいません」と人の声。ぼんやりしていて乗り過ごしそうになったのだろうか。どんくさいやつ、と心身の不調も手伝って少々とげとげしい感想を抱き、だからいきなり後ろから手首を摑まれた時はひどく驚いた。

「半井さん」

「……何だ、萩原か」

同じエレベーターの、奥の方にいたのだろう。混んでいたので気づかなかった。というか、営業部はフロアが違うのに、いったいどうした。

「何だよ、また名刺でも切らしたか？」

冗談めかした言葉を無視して萩原は「足」と言った。

「足、どうしたんすか」

「え、分かった？」

「歩き方が不自然だったから」

「あー……」

言葉を濁したのは、間抜けな事故について言いたくないというより、異変に気づいたからといってわざわざ追いかけてくる萩原の親切をすこしうざったく感じたからだった。連絡を取りたかったり放っておいてほしかったり、つくづく自分は面倒な性格をしている。

「ちょっと扉にぶつけて」

とそっけなく説明した。

「爪に亀裂《きれつ》入ってんだ。激痛ってわけじゃないけど、重心掛けると、上半分ぐらいぽろっと落ちそうで」

「病院行ってから出社すればよかったのに」

「病院、嫌いなんだよ。それにできれば伸びるまで温存してやり過ごしたい。医者行ったらさくっと麻酔打って切って終わりだろ？」

「そっちの方がさっさとすんでいいと思いますけど」

萩原は軽く首を傾げてから思いついたように「あ」と言った。

「そうだ、ネイルサロン行ったら何とかしてくれますよ。前彼女が言ってました、爪が割れたお客さんが来て、って」

予約取れないか訊いてみます、会社帰りなら空《あ》いてます？　とさっそく携帯を取り出そうとするので、整は慌てて「いいよ！」と止めた。

「痛いことはされないと思いますよ」

「いやそうじゃなくて、男がネイルサロンなんか行けるわけないだろ？」

「最近は男も増えてるらしいですし」

「じゃあお前は行ってんの？」

「まさか」

「矛盾してる。やだよありえないよ恥ずかしい、萩原だっていやじゃないのか？」

「何が？」

「自分の彼女が、よその男の足触んのとか」

「全然。それが仕事でしょ」

と萩原はさっぱり答えた。

「温存たって、足の爪って手より伸びんの遅いのに、一週間も二週間もひょこひょこ引きずって歩く？　体幹歪《ゆが》むと、左足とか腰にきますよ」

「え、そんなに歩き方目立つ？」

「半井さんが自覚してるよりは、たぶん」

萩原の意見はもっともだった。整だって、これから着替えや入浴のたびに神経を使うのはいやだ。

それにしたってネイルサロンは……と逡巡《しゅんじゅん》していると、「とりあえず訊くだけ訊いときますね」と整の肩を軽く叩いて萩原は非常階段の方へ消えていった。

結論は保留のまま仕事をしていると、昼近くになって萩原からパソコンの社用アドレス宛にメールがきた。総務は業務中の携帯使用が禁止だと知っているのだろう、つくづく気の回ることだ。『朝の件』というタイトルだった。

『先方に問い合わせた結果、午後七時半から対応できるとのことでしたのでどうぞ。受付で名乗ったらすぐ案内してもらえるようにお願いしてあります』

後は、店のアドレスとおぼしきURL。どこが訊くだけなんだよ、決定事項になってるじゃねーか。

　どうしよ。きょうは必須の残業もなさそうだし、気が進まなくとも紹介してもらった以上、反故《ほご》にすると萩原の顔をつぶしてしまう……別につぶしたところで困らないけど。

　椅子の背もたれに身体を預けて大きく伸びをする。わざわざ追ってきた萩原の、手首をぎゅっと握った力強さを思い出した。和章以外の他人からああいうふうに心配されるのって、いつ以来だろう。家族がいなくて、密につき合う友人もいなければそんなものだ。悲観するほどのことでもない。

　ただ、ちょっと懐かしかった、と思う。親からああだこうだと小言を食らう時の感じに似ていた。煙たくて、煩《わずら》わしくて、あったかい。失くしたらもう、二度と取り戻せないもの。


　サロンは、大人向けの雑貨やインテリアが揃う商業ビルの一階にあった。ただ通り過ぎるだけでは何の店かも分からないほど素っ気ない外観で、入り口からはまったく中の様子が見えない。一見《いちげん》さんお断りの雰囲気に整はまた逡巡したが、いつまでもうろうろしていると不審者扱いされそうなので思い切って木目調の扉を押した。

　入ってすぐのところにホテルのフロントみたいな受付があり、そこに女がひとり立っていた。

「半井さまですか？」

こちらが名乗るより先にそう尋ね、黙って頷くと「承《うけたまわ》っております、こちらへどうぞ」と細かく仕切られた個室のひとつに案内してくれた。他の女性客から奇異の目で見られることもなく、呆気《あっけ》ないほどスムーズだ。

「お荷物はそちらのかごへどうぞ。上着はお掛け致しますか?」

「いえ、このままで」

シャンプー台に似たリクライニングのシートに足を伸ばして座る。白基調のちいさな部屋にはアロマキャンドルが灯《とも》り、壁にはクレーの絵が掛かっていた。やっぱり「女」の空間だと改めて思う。

「本日担当させて頂きます、水谷《みずたに》かおりと申します」

かおりは肘掛《ひじか》けの傍のちいさなテーブルにそっと名刺を置いた。指の爪はグレーとピンクの上品なマーブル模様になっている。ネイルといえば刷毛《はけ》で塗るイメージしかない整は、どうやってこんなふうにするんだろうとふしぎに思った。

「すみません、突然面倒なことをお願いしてしまって……あの、水谷さんは萩原――くんの」

「はい」

質問の趣旨を察したらしく、かおりはにこっと笑った。クールな印象の顔立ちが、ぱっと鮮《あざ》やかになる。美人だな。ただただストレートに「美人」だった。アクの強さやアンバランスさが却って魅力的、というタイプではなく、美しく造られた部位がきちんとした配置で収まっている、という印象。萩原と並んだ図を想像すると、実にさまになっていた。

ほんと外さない男だな、人生の大事なところをがっつり掴んでる……でもやれないんだっけ。この子と同棲したいか、と問われれば百人中百人の男が諸手《もろて》を上げるに違いないが「ただしセックスは抜きです」という但《ただ》し書きがついていたらプラスマイナスの算出はどうなるだろう。

悩みながらでも、かおりと一緒にいることを選んでいる萩原にとっては、収支はプラスだということだ——現時点では。

「本日は、右足のお爪のリペアで伺っておりますが、間違いございませんか？」

「あ、はい、そうです」

「足のケアのお客さまにはアロマエッセンスを垂《た》らしたフットバスをお使い頂いておりますが、お好みの香りなどはございますか？　柑橘《かんきつけい》系とか、フローラル系とか。右足はおけがなさっているので、左足だけでも」

お好みの香り？　そんなの、これまでの人生で考えたこともない。

「え、いえ、あのお構いなく、あ、でもお構いっていうか足を洗わないと失礼ですよね、ええと……何でもいいです」

「いいえ、無理にというわけではありません。では施術《せじゅつ》のみということで。準備してまいりますので、靴下を脱いでお待ち下さい」

ぺこりと一礼してかおりが出て行くと、整はふーっと息を吐いた。疲れる。やっぱ断るべきだったかな。場所自体の居心地の悪さもさることながら、同僚の恋人に足なんか触らせる申し訳なさというか後ろめたさというか。仕事でしょ、と萩原はあっさりしたものだったが。

言われたとおりに靴下を脱ぐ。コンビニで新品を買い、駅のトイレに寄ってデオドラントシートで素足を丁寧に拭ってからはき替えた。一応、できる限りの準備はしたつもりだ。

「お待たせ致しました」

バニティバッグを提げて戻ってきたかおりが、整の足元に屈《かが》み込み、割れた爪を一目見て「痛そうですね」とかすかに眉根を寄せた。

「痛みはもう大したことないんですが、ひびの入ったままだと不安で」

「そうですよね。アクリルの樹脂《じゅし》を上から被《かぶ》せますが、まず消毒を致しますので、しみたらおっしゃってください」

「はい」

シートと綿棒《めんぼう》で足全体をきれいに拭われた。やっぱりいたたまれないし、こんなことさせてごめんなさいというのが素直な感想だ。女同士なら気にならないのだろうか。

じろじろ見るのも失礼かと視線を宙に泳がせていると、かおりが「一頭の同僚っていうから、てっきり営業の方かと思ってたんですけど」と言う。

「え？　ああ、僕は総務で」

「ですよね。足がすごくきれいだから」

「はっ?」

聞き間違いだろうか、思わず首を持ち上げてかおりを見ると、何やら白い粉を水（じゃないのかもしれない液体）で溶いているところだった。

「外を歩くお仕事だと、どうしても足の裏とか、あちこちが硬くなるでしょう? でも、かかともなめらかだし、くるぶしもつるつる」

「はあ……」

暗に、頑張って働いていないと言われたようで微妙な気持ちになる。

「何か、おうちでケアしてらっしゃいますか?」

「まさか」

「ごめんなさい、お気を悪くされました?」

心配げに窺う眼差しは、これが演技だとしてもだまされて結構、と思ってしまいそうにかわいかった。ああ、この顔でお断りされたらきっと俺も何も言えない。萩原のことを、煮え切らないやつ、と思わないでもなかったが、これじゃあ仕方がないと妙な納得をした。

「悪くっていうか」と整は弁解する。

「足がきれいって、男には褒め言葉じゃないと思うので、ちょっとどう受け取ったらいいのか」

「羨《うらや》ましいですよ。私なんか、冬場はくるぶしに粉吹いちゃうし、かかとはひび割れちゃうし大変なんです。夏は夏で、素足にサンダルばっかり履《は》いてると皮膚が荒れてくるし……」

「そうなんですか」

「ええ」

ざらついた質感の、濃い砂糖水みたいな半透明の塗料を筆に取り、傷《いた》んだ爪に塗り重ねていく。当然ながら彼女も仕事と心得て進めているので、ためらいも淀《よど》みもない手つきだった。ひんやりとやわらかな手がそっとつまさきに触れると、下心はなくてもどきっとしてしまう。普段、人目にさらすことも、人の手に委《ゆだ》ねることもない箇所だからだろう。伏せた目のまつげはすっと外向きの弧を描いている。とってつけた感じのしない、素人目にもきれいな化粧だった。改めて見ても美人だな。やらせてくれないなんて、殺生《せっしょう》な話だ。ピンできれいにまとめられた髪、夜なのにくすみもてかりもないメイク、それらの完ぺきさは却って女の生々しさを涼しげに切り捨てたようにも見えてきて、整はだんだんもやもやしてきた。下衆《げす》な表現に誇張するなら「お高く止まりやがって」という、いらだち。

萩原の何が気に入らないのか、考えてみても分からない。恋人にしか見えない短所があるのは当然として、差し引いたってあいつは、いいやつだろ。萩原が優しくて、はっきり文句言えないからって、つけ込んでるんじゃないのか？　かわいそうとは思わないのか？

……いやな女。

かおりが顔を上げた。

「このまま、アクリルが乾くまで少々お待ち下さいね」

「あ、はい」

一瞬抱いた負の感情を、すぐに恥じた。片方の言い分しか聞いていないのに、無関係の整が軽々しく責めていい問題じゃない。

塗料が乾いてからやすりで艶《つや》を出すと、自爪《じづめ》とほとんど見分けがつかなくなった。すこし盛り上がってぶ厚くなったぐらいだ。

「すごい」

整が目を丸くすると、ふふっと微笑をこぼして「もし剝《は》がれてきたらいつでもいらして下さい」と言った。この異世界を再訪するのはちょっと、と思いながら「はい」と答え、財布を取り出す。

「おいくらでしょうか」

「あ、いえ、お代は結構です。簡単なリペアだけですし」

「そういうわけには」

「私が彼に叱られちゃうんで」

てきぱきと道具を片づけながらかおりはそう言った。いい子だな、とタダにしてくれたからじゃなく、思う。正規の料金を取ったからといって本当に萩原が怒るとは考えられない。古風に恋人を立て、整に気を遣ってくれた。顔だけで好きになったんじゃないんだ、と納得すると、心はさっきよりむしろ曇《くも》った。あれ、とその理由が自分でも分からないまま、整は丁寧に礼を告げて店を後にした。右足への加重を気にせず歩けるのはとても楽で、だからやっぱり、行ってよかったのだと自分に言い聞かせる。

「和章」

「うん?」

「和章の知り合いで、ネイルとか好きな女の人いない?」

「いないことはないけど」

ダイニングテーブルの向こうで、和章は怪訝そうに食事の手を止める。

「どうしたんだ、急に」

「今朝、足の指ぶつけて爪にひび入っちゃってさ」

処置はすんだし、痛がるところも見せなかったからもう話してもいいだろうと思った。

「同僚が、彼女が働いてるっていうネイルサロン教えてくれたんだ。それで、タダでひび塞《ふさ》いでくれて、会員カードみたいなのも作らされなかった。普通、住所とか書かされたりするだろ? 特別扱いっていったら大げさだけど、色々便宜《べんぎ》はかってもらったから。もちろん自分でも何かお礼するつもりだけど、新しい客紹介してもらうのがいちばん嬉しいかなと思って——」

「整」

言葉を途中で遮《さえぎ》って和章は尋ねた。

「ひょっとして、そのせいで朝、さっさと出たのか?」

「いや、普通に急いでたし……」

「それにしたって教えてくれ」

低い口調から、予想より深く、和章が機嫌を損《そこ》ねたのが分かって整は素直に「ごめん」と謝った。

「勝手にぶつけただけだから、大したことなかったし」

「そういう問題じゃない」

「うん」

言葉が消えれば、ふたりきりの食卓は途端に静まりかえってしまう。箸《はし》が皿や茶碗に触れる音がとんがって聞こえた。洗い物をすませてから和章は整をソファに座らせる。

「ぶつけたのって、どの指だ?」

「え、右の、人差し指だけど」

「靴下脱いで」

整の耳には、服を脱いで、くらい刺激的に響いた。

「え——いいよ」

「よくない、見せるんだ」

「風呂入ってからにして」

「今だ」

珍しく、有無《うむ》を言わせない物言い。整は抵抗を諦めて大人しく裸足になった。きょうは、人に足を触られる運勢なのだろうか。

和章はひざまずいて整の足を持ち上げ、半分から先が膨《ふく》らんだ人差し指の爪をしげしげと眺めた。

「……恥ずかしいよ」

「動くな。……ちゃんと消毒してもらったんだろうな、中で化膿《かのう》でもしてたらやっかいだぞ」

「大丈夫だよ、痛みもないし」

「本当に？　これは？」

ぐ、と親指で圧をかけられたが、保護されているので何ともなかった。指に触れる指。土踏まずに触れる指。かかとを支える指。それらすべてがくすぐったいような火を整の足に点《とも》す。どきどきする。もっと触ってほしい。

でもその熱は、どこまでも平温で優しい和章の目に消されてしまう。バカみたいだ、と何百回目か分からない自嘲《じちょう》がこみ上げる。ひとりで好きになって、ひとりで舞い上がって。

「……平気」

「そうか」

ようやっと安心すると、今度はできばえにクリエイター的興味がわいたらしく「きれいにコーティングされてるな」とつぶやいた。

「境目が分からないぐらいだ。これ、何でできてるんだ?」

「アクリルの樹脂って言ってたけど」

「なるほど。それにしても、どこにぶつけたんだ?」

「クローゼットの扉」

「何でまた」

「目測《もくそく》誤ったっていうか、開けるタイミングと進むタイミングが合わなかっただけ。でも、別に勢いつけたわけじゃなくて、普通に歩こうとしただけなのに、ぶつかったら結構な衝撃でびっくりした」

「ああ、そういうのって分かるよ」

「和章も爪割ったことある?」

「ないけど、疲れてたりすると、たまに口の中を嚙むんだ。ごりゅ、って異様な音がする。普段ものを食べる時、特に意識もせずものすごい力を加えてるんだな、と思ってちょっと恐ろしくなる」

「うん」

整の足は、魚がもがくように和章の手を離れ、床に着地する。

「何の気なしにやってることで、実は相手がめちゃくちゃダメージ受けて悩んでたり、とか」

かおりの中で、萩原を拒むさしたる理由などないのかもしれない。何となくいや、何となく面倒。だからこそ解消はされず、日々が積み重なってセックスしないことが当たり前になる。ふたりの間にそんなものは最初からなかったと言わんばかりに。

だから萩原は「性欲の存在を肯定されたい」とあんなにも切実に思うのだ。性欲だけが自分じゃない。でも性欲のない自分も自分じゃない。

「……誰の話だ？」

「さあ」

意地悪をしたくなった。自分についてあてこすられている、と思えばいい。だから整ははぐらかし、罪悪感から目を逸らすため、かおりに何を贈ったものかと考えることにした。


帰宅すると、テーブルの上に朝なかったものが置いてあった。高さ三十センチほどの、しずく型をしたガラスの容器。七分目ほどまで透明な液体に満たされ、底にはミルク色の層《そう》が分離している。

「何これ」

キッチンで夕飯の盛りつけをしていたかおりが答える。

「きのう来た同僚の方が送ってくれたの」

「半井さんが?」

かおりに頼んで予約を取りつけたものの、忙しくて結果を確かめる暇もなく、向こうからも音沙汰はなかった。

「ちゃんと行ったんだ」

「うん。お金は頂かなかったんだけど、却《かえ》って気を遣わせちゃって悪かったかな。わざわざ当日便で手配してくれて、律儀《りちぎ》な人だね」

「ふーん……」

単なるインテリアなのか何かの用を成すのか、謎の物体の横にはちいさなカードがあった。「昨日は本当にありがとうございました。萩原くんにも宜《よろ》しくお伝え下さい」というメッセージと「半井整」の署名。取り上げて目を走らせると、一顕はそれを投げるようにテーブルに戻した。

「それより、これは何だって?」

「どうしたの? せっかちだね、子どもみたい」

食べ物じゃありませんよ、とからかわれ、自分でもびっくりするほどかちんときて「見りゃ分かる」とぶっきらぼうに答えてしまった。

「一顕?」

「ごめん、何でもない。手、洗ってくる」

穏便《おんびん》に軌道修正を図《はか》ると、恋人も優しく「きょうは一顕の好きなものばっかりだからね」と言った。ちょっとしたタイミングやお互いのテンションのずれで、不意に空気が尖《とが》ってしまう瞬間が、同棲したての頃はしばしばあった。今はその矛先《ほこさき》をすっと収め、本格的な諍《いさか》いを避ける呼吸を一顕もかおりも身につけている。さっきみたいに。

洗面所でじゃぶじゃぶ手を洗いながら、思う。こういう譲歩を、もし他の女と暮らしてもできるのだろうか？　好きとか大切という感情の中に「せっかくここまでうまくやれるようになったのに、また一からやり直すのは面倒だ」という打算はないと言えるだろうか？　それこそが恋愛の醍醐《だいごみ》味なのかもしれないけれど、もう学生じゃないんだからぶつかり合って無用に疲れたくない。他にすることはたくさんある。安定と惰性《だせい》、安寧《あんねい》と怠慢《たいまん》、違いは何だ？

……いや、そうじゃなくて。

ハンドソープを垂らした指先同士をごしごしこすり合わせる。どうして俺は、今、あんなにむっとしたんだ？

かおりが半井を律儀だと言った、でも一顕には何の連絡もなかった。そりゃ、俺はアポ取っただけで、五分の手間だよ。でも一言、行ってきた、ぐらいメールしてくれてもいいんじゃないのか？　こっちから訊いたら恩着せがましいかもって、控えてたのに。おまけにあんな他人行儀なカード一枚。「宜しく」じゃねえだろ。半井が、自分を飛び越してかおりに返礼したのが気に食わなかった、要はそういう理由だ。

泡をすすぐ。独占欲か？　人の女のご機嫌取りやがって、みたいな？　でもその手の心配が無用だと知っているから行かせたわけで……ああ、こんがらがってきた。

「一顕ー、いつでも食べられるよ」

「今行く」

長い手洗いを切り上げ、ついでに半井の件も頭から追いやった。


物体Xの名前は「ストームグラス」というらしかった。

「天気予報ができるんだって」

「これで？」

「今は、中が澄んでるから、あしたは晴れ！」

「占いみたいだな」

「違うよー、気圧の変化で、下の方の白いのが、結晶になったりするんだって。見てみたいよね」

一応、何らかの科学的根拠はあるのか。

「これ、説明書。後で読んでみて」

「今見せて」

「こら、お行儀悪いよ！」

かおりの注意を聞き流し、食べながら目を通したところによると大航海時代から使われている装置らしかった。中身は水じゃなく、樟脳《しょうのう》を溶かしたエタノール。

「これ、『ヴォストーク』のなんだよ、高かったんじゃないかな」

「何それ」

甘いお菓子のような、聞き慣れない単語が飛び出してきた。

「えっと、家具とか身の回りのものとか、色々作ってるブランド。何人かのデザイナーが合同で起《た》ち上げてるの。寝室にあるテーブルも、そう」

「……かばんとかも作ってる？」

「あるんじゃない？　私もよく知ってるわけじゃないから」

「そっか」


かおりが風呂に入っている時、電話が掛かってきた。つい先日目撃してしまった同期からだ。

『よ』

「よじゃねえよ」

『やっぱばれてた?』

「会社の近くでいちゃついてんじゃねえよ、こっちが気まずいわ」

『いやー、お恥ずかしい』

悪びれない口調からは、裏切りに対する反省などみじんも感じられない。

「どうすんの、切れてないんだろ、彼女と」

『まーいろいろとありまして。俺だけに責任があるってわけじゃないよ』

「そんならなおさら、きれいに別れてから次行けって」

『お前ってそういうとこ潔癖《けっぺき》だよね』

「お前がだらしないの」

『ところで萩原と一緒にいたの誰?』

「誰って、総務の半井さん。同期だろ」

『あー、見覚えあると思ってたんだ。仲いいの?』

「んー……普通」

『ついでに口止めしといて』

「わざわざしゃべる人じゃないし、接点ないんだから大丈夫だろ」

『いやー、これが思ってもみないとこでつながってる可能性あるからさ。世間って狭いだろ』

それは同感だ。思ってもみないきっかけでつながってしまったり。

電話を切ると、かおりが脱衣所から顔を出した。

「誰から?」

「同僚」

「仕事の話?」

「いや」

足立の件を話そうかと思ったが、気分のいい話題でもないからやめた。「彼女に教えてあげなよ」と言い出さないとも限らないし。

「そうだ一顕、さ来週の土曜日って空いてる?」

「たぶん平気。行きたいところでもあるのか?」

「前ちらっと話したでしょ? うちの店にいた彩子《あやこ》さん。今度は一顕も一緒に食事でも、って誘われたの。向こうの旦那さんも交えて」

「ふーん」

「行ってくれる?」

「品定めされない?」

冗談めかして尋ねると「どうでしょう」とかおりもいたずらっぽく応じ、脱衣所に戻ってドライヤーを使い始めた。

一顕は携帯のスケジュール帳に新しい予定を書き込み、それからインターネットのブラウザを起動させる。

いつも会社からアクセスしやすい店を指定するのに、その日は一度電車を乗り換えなければならなかった。ネタ切れか、それとも先週みたいに同僚に出くわすのを避けたのか。

「あ、これうまい。ちょっと食べる？」

箸《はし》で食べるワンコインフレンチ、がコンセプトの立ち飲み屋だった。焦《こ》がし玉ねぎのキッシュを勧めると萩原《はぎわら》は「いいす」と赤ワインを含む。

「……何か機嫌悪い？」

「別に」

「うそつけ」

待ち合わせた時から笑顔も口数も少なかった。

「何だよ、言えよ。俺が悪かったら謝るから」

「悪くないのが前提なんすね」

「心当たりがないもん」

同じ会社とは言え、部署が違えばそうそう接触する機会もない。こうして会うのは先週の朝、エレベーター前で話して以来だ。

萩原は渋いワインを飲まされたみたいな表情を一瞬してから「ありがとうございます」と言った。会話が嚙み合ってないぞ。

「うん？」

「レトロな天気予報の装置を」

「ああ、あれ」

「彼女、喜んでますよ。帰ってくるたび覗き込んでる」

「かわいいな」

何だかとても、そらぞらしく聞こえた。でも萩原に気にした様子はないから、思い過ごしかもしれない。

「……つか」

「うん」

「あれから、メールも何もなかったんで、俺、まずいことしたのかなって思ってた」

「え」

そうか、仲介《ちゅうかい》してくれた萩原に一言もなかったのは失礼かもしれない。一筆《いっぴつ》添えて品を送ったんだけどな、と思いつつ整《せい》は素直に「ごめん」と謝った。

「別に、深い意味があったわけじゃないんだ。強《し》いて言えば……そう、こうして会った時に直接言おうと思ってたんだよ」

「そうなんすか？」

「うん。メールしたら早いけど、反応見られないし。だから、萩原の彼女まじ美人だな、とか顔見て言ってやろうって……」

言いながら、ちょっと恥ずかしくなってきた。話題をわざわざ取り置いて、って、ものすごく水曜日を楽しみにしてたみたいじゃないか。たとえば子どもの頃の夏休み明け、友達に報告する「夏のエピソード」を数えながら登校した朝の感じ。電話やメールじゃ足りない、会わなきゃ、顔を見なきゃ、とそわそわして。だからカードも、そっけなく他人行儀に書いたのだ、ということに今さら気づいてしまった。

バカ正直に話して、引かれやしないかと心配したが「そうすか」と頷いた萩原の顔からは曇《くも》りが消えていたので特におかしいとは思わなかったようだ。

「案外、細かいこと気にすんだな。メールが来るとか来ないとか、女子みたい」

「違いますよ」

女子、という形容が気に障《さわ》ったのか、萩原はまたむっつり唇の両端を下げる。

「いつもなら、俺だって全然……」

すこし待ったけど、「全然」の後は続かなかった。最初からそこで終わりだったのか、萩原自身にもどう締めくくっていいか分からなかったのか。

整は突っ込んで尋ねはせずに「俺、分かったような気がすんだよ」と言った。

「何が？」

「萩原の口から絶対に『風俗』とか『浮気』とかの言葉が出てこない理由。あんだけきれいな子と一緒に暮らしてりゃ、大概《たいがい》の女にはよそ見する気になれない」

「いや、それは違いますよ、全然違う」

言下《げんか》に否定され、何も分かっていないと断言されたみたいで、今度は整が軽く腹を立てた。

「何で」

「風俗は、個人の性質っていうか、うまく言えないけど平気な男と絶対無理な男に分かれると思うんすよ。俺は後者ってだけ。お金払うって時点で萎《な》えるでしょ、もの悲しいでしょ、無理勃《た》たない」

「営業なんて全員行ってるのかと思ってた」

「どーゆー偏見なんだか」

「じゃあ浮気は」

「人として駄目」

萩原は一言で片づけたが、整がその後もじっと注視していると観念したようにえりあしをかきながら「っていうのはきれいごとですけど」と付け加えた。

「あんま凝視《ぎょうし》しないで下さいよ」

「してないよ、普通に見てるだけ」

「だからそれが……まあいいや」

どうもさっきから煮え切らなくてすっきりしないな、でもそれは後だ。

「考えたことはありますよ。外で、さくっと、つったら鬼ですけど、処理して家ん中で心穏やかに過ごせたら、って。もちろん想像ですから、ちらっとよぎっただけですから」

「そんな念押されなくても分かってるよ」

自分と萩原のためにもう一杯ずつのワインを頼む。

「何で実行に移さないかっていうと、良心とか、彼女を好きだからっていうのはもちろんですけど、やっぱり、ばれるのが怖いんだと思う」

「正直だな」

「こんなこと、半井《なからい》さんにしか言えないすよ」

そう言って白かびのチーズを選んだ。粉砂糖を振ったような表皮はすこし固いけれど、その一枚を歯で破ってしまえば、発酵がもたらす膿《う》んだようなとろみがひそんでいる。萩原の口の中へ運ばれていく数秒の経過を整は見つめた。奥歯で傷つけられる粘膜《ねんまく》の痛みを思う。

自分の身体に、何となく火が点《つ》いたのが分かる。スイッチが入る、ってやつだ。今すぐどうにかしなきゃというレベルで催《もよお》したわけではないが、腰の奥がじりじりして居心地悪い。

何だよ、何でこのタイミングなんだよ。まるで甘い言葉吐かれてときめいたみたいな。「半井さんにしか」ってそういう意味じゃない、お互いさまだからよく分かってる。互いの吐いたゲロ見せ合って安心してるだけの関係。よかった、俺だけじゃないって。互いしかいなくても、0と1には天地の差がある。

「こないだの足立《あだち》じゃないですけど――俺、彼女にも言ってない秘密があるんすよ」

「まだ？」と思わず訊いてしまった。

「はい」

「……どんな」

萩原はいやに神妙な面もちで「小三の時、母親の財布から五百円盗《と》ったことです」と答える。

「何だそりゃ！」

セックスの悩みくらい深刻なのかと身構えていたぶん、脱力して笑ってしまった。

「え、言えないでしょ。で、発覚して母親が泣きながら俺に教えてくれた言葉が『天網恢々疎《てんもうかいかいそ》にして漏らさず』、だったんで焼きついちゃって。悪いことはばれるもんなんだって」

じゃあこれは、ふたりで会っているのは「悪いこと」じゃないんだなと整は思いながら、尋ねる。

「もし、絶対にばれないって保証があったら？」

「は？」

「だから、絶対ばれないシチュエーションだったら浮気すんのかなって」

「絶対ばれないなんてありえない」

「だから、もしも」

「だからないって……なにこの不毛なやり取り」

「結構頭固いな」

「固いとかじゃなくて」

萩原は前屈《かが》みになってテーブルに両肘《ひじ》をつくと、いつもより低い位置から整を見上げた。慣れないアングル、ただそれだけなのに何となく視線を合わせるのがはばかられ、軽く目を泳がせてしまう。

「俺に何を言わせたいんすか」

「何って」

「完全犯罪ができるんならやってみたいと思わない人間はまれでしょ。浮気するって言わせて、俺のクズっぷりに突っ込み入れたいんですか？」

「そんなこと……」

思ってない、という語尾が弱まったのは、そうだ自分は、なぜこんな質問をしたのだろうと分からなくなってしまったからだ。状況さえ許せば恋人を裏切る、という言質《げんち》など取ってどうするのか。ひとつ確かなのは、萩原をクズだなんて思ったことはない。それを言おうとして顔を上げると、制するようにひとつの声が割って入った。

「半井？」

ふたつ向こうのテーブルから、ゆっくりと近づいてくるのは久しぶりに見る顔だった。

「……平岩《ひらいわ》」

会わなかった五年余りの距離を一息で飛び越える人懐っこい笑顔で、古い友人は「あ、よかった。やっぱり半井だ」と言う。

「人違いだったらどうしようかと思った」

傍《かたわ》らの萩原を気遣って会釈《えしゃく》をしたものの、こらえきれないように矢継《やつ》ぎ早《ばや》にしゃべり出す。

「え、この辺で働いてんの？　俺の会社、こっからすぐなんだけど今まで全然会わなかったよな。え、つーか働いてるよな、そのかっこは……今帰り？」

そう、こんなふうに、相手の答えを待たずにぽんぽん問いを重ねるくせがあった。懐かしさと、不義理への申し訳なさ、再会の嬉しさ、いろんな感情で胸がいっぱいになり、一言も返せずにいると平岩は「ごめん、焦《あせ》りすぎた」と片手を挙げる。

「元気か？」

「……うん」

やっと頷けた。

「そっかー、よかった。ところでお前って今でも藤澤《ふじさわ》と交流あんの？」

「えっ」

不意に和章の名字が飛び出してきた。よく知っているはずだけれど和章は整にとって「和章」でしかなく、ふたりの間に第三者を介する機会がついぞなかったので、よそよそしい他人じみた響きに聞こえてうろたえる。

「いやほら、いろいろあったじゃん？」

整を不用意に刺激しないためにか、曖昧《あいまい》に経緯《けいい》をぼかす。

「あの当時、藤澤が窓口みたくなってたんだよ。まあ、お前ら仲よかったし……そんで、『整は今誰にも会いたくないって言ってる』って……まあそらそうだろーと思って、でももし、半井がちょっとでも元気になって、また飲み会とか顔出してもいいかなってぐらい調子戻ったらいつでも連絡してくれって言《こと》づけてたんだけど……」

「ごめん」

何を考えるより先に、謝っていた。

「ほんとにごめん」

「いやいや、責めてねーって。勘違いすんなよ。不可抗力《ふかこうりょく》だし。……あ、でもせっかく会えたんだし、アドレス訊いていい？」

あ、と口ごもってから整は「もうすぐ携帯換えようと思ってて」と実に見え透いた嘘をついた。

「そっか」

平岩は「分かっているけど知らんふり」の顔で応じ、「またな」と店を出て行った。またって、いつなんだろう。どうしよう、今からでも引き止めて――でも、和章、和章が。足は床に接着されたみたいに動けなかった。すると、黙ってなりゆきを見ていた萩原が「よかったんすか?」と尋ねた。

「アドレスも交換せずに別れちゃって……つーか何で教えてもあげなかったんすか? いい人そうに見えたけど」

「いいやつだよ」

と整は答えた。

「大学ん時の友達で……親が死んで、腑抜《ふぬ》けになってから全然会ってなくて……」

会いたくなかったわけじゃない。ついこの間、予兆《よちょう》のように思い出し、こうして偶然会えて嬉しかった。すこしも怒っていない平岩の優しさがありがたかった。でも、平岩は、和章に伝言を頼んだと言う。整は和章から何も聞いていない。記憶が混濁《こんだく》している時期で、忘れてしまったのだろうか?

違う。ついこの前、平岩の名前を出したじゃないか。あの時だって和章は何も言わなかった。どうして? 和章に依存し、縛りつけ、囲い込んでいるのは整のほうなのに。分からないなら訊けばいい。簡単な話だ。でもどうしてだろう、とても怖い。和章が自分に何かを隠していたこと、それに触れてしまうことが――。

「半井さん」

顔の前でひらひらと萩原が手を振る。

「大丈夫すか？　放心してますけど」

のんきな口調は、わざとだったと思う。整があまりに思い詰めたふうだから。でもとっさに苛立ちが芽を吹き、八つ当たりしてしまった。

「何でこんなとこ選んだんだ」

「は？」

「何でこんな、会社から遠いとこ。いつもみたいに会社の近辺にしてくれてたら……」

平岩に見つからなかったのに。和章との静かな生活に、どんな細かいひびでも入れたくないのに。

「すいません」

萩原はひとつも反論せず、大人しく謝った。それでまた「バカ」と暴言を投げつけてしまう。

「何だよそれ、お前悪くねーじゃん」

「そうですね」

萩原はあくまでも冷静に「でも半井さんも悪くないんでしょ」と言った。

「さっきの、平岩さん？　もたぶん」

「何だよ」

何だよ、和章が悪いとでも言いたいのか。

「知ったようなこと言うな……」

「でもたぶん、半井さんが思うよりは知ってる」

「……何を」

「『ヴォストーク』」

突然、そう口にする。

「南極にある湖の名前なんですよね、かおりにくれた、ストームグラスのメーカー」

「それが？」

核心に触れられる予感で、整の口調はむしろ挑発的になった。

「サイト見たんすよ。五人ぐらいのデザイナーさんの共同の名義になってて、そのうちのひとりにぴんときた」

グラスの底にわずかに残ったワインをぐいっと飲み干して、萩原はとうとうその名前を口にした。

「藤澤和章、っていうんですね。ついでに誕生日は九月二十七日、違いますか？」

無言が肯定だった。

「おかしなもんで、自分のメアドなんか改めて考えたことなかったんですけど、半井さんに何で『届いちゃった』のか、その名前見た瞬間、閃《ひらめ》いた」

「kazuaki」プラス生年月日の数字、キャリア違いの同じメールアドレス。アドレスに漢字が使えたら届かなかっただろうに。

「ああそっか、半井さんの好きな人って、俺と同じ名前、同じ誕生日なのかって、そん時やっと気づいた」

気まずいやら恥ずかしいやらだ。お礼の品が思いつかず、つい和章のところのブランドから選んでしまったのは軽率《けいそつ》だったかもしれない。でもわざわざ調べるか？

「……だったらどうした」

「どうっていうことはないです」

整の、尖った物言いを苦笑でいなす。

「まじで好きなんだなーって。だって相手の名前と誕生日とかって、ベタすぎて、女子高生だってしねえだろと思ったら、逆に本気度感じたっていうか……だから、最初はぶっちゃけ笑っちゃいましたけど、その後は……」

きょうの萩原は歯切れが悪い。聞きたいわけじゃないが、不自然に止められると気になる。

「何だよ」

「いや」

「言えよ。かわいそうになった、とかだろうけど」

「違いますよ……や、全然違うってことはないのかもしんないけど……スルーしといてください」

「お前から言い出したんだろ」

「そうですね、すいません」

まだ、平岩の件で動揺したままだと知っているのだろう。萩原が整のために下手《したて》に出ているのが分かった。

「……出ましょうか」

店を出てから、整は「来週は無理」と言った。

「え？」

「株主総会の準備あるんだ」

さすがにノー残業と悠長なことも言っていられない。

「ああ」

「来週、ていうか、しばらく難しいかも」

「そうすか。ま、もうすぐ梅雨《つゆ》ですもんね」

「関係なくない？」

「半井さん、傘持たないんでしょ。外歩けない」

そうか、そんなことも話したか。遠い昔のように感じる。

「じゃ、俺ＪＲで帰りますね」

「うん」

萩原が背中を向けた瞬間、どうしてだろう、分からないけれど、もう会えなくなってしまうような気がした。もうこの背中を見る機会がないような気がした。だから思わず、スーツの袖《そで》口を指先でつまんだ。気づかずに振り払ってしまってもおかしくない弱さで。けれど萩原はちゃんと立ち止まり、きびすを返して整を見た。

「あ……」

どうしよう。言い訳もごまかしも考えつかずに突っ立っていると、萩原のほうから「もう一軒、どっか行きます?」と誘った。

「どっかって、どこ?」

とっさに口走っていた。

「どこって……半井さんの行きたいとこ?」

「じゃあ、気球が見たい」

単なる飲み屋の話に過ぎないと頭では分かっているのに、心の位相《いそう》がずれてとんちんかんな言葉が飛び出す。自分でそのずれを戻せないもどかしさは、何年ぶりかの感覚だった。平岩に遭遇したせいで、精神状態まで昔に戻ってしまっているのかもしれない。どうしよう、ちゃんとしなきゃいけないのに、和章がいない。こういう自分を扱い慣れていて、じょうずに心を均《なら》してくれる和章が。

「どこの気球？」

萩原は、言われた時こそ驚いた顔をしたが、笑いも呆れもせず、穏やかに尋ねた。

「眼科で見る気球」

「眼科？　……ああ、何測ってんだか分かんないけど、レンズ覗いたら、道路のずっと先にぽつんて気球があるやつのこと？」

「そう」

あの、のどかでいながらどこか荒涼《こうりょう》とした、ぽっかり寂しい眺めの中に萩原といて、とりとめなく話したり、急に黙ったりしてみたい、と思った。

「あれ、謎の風景だけど、実在してんのかな？」

「知らない」

何をおかしなことを、と切って捨てず、普通に会話を続けてくれたことで、整の神経はじょじょに鎮《しず》まってきた。

「もし、近くにあったら行く？」

「行かない」

即答する。

「半井さんが言ったのに」

「だって、お前だって家で彼女待ってんだろ」

「メール一本入れりゃ大丈夫ですよ。別に束縛してくるタイプじゃないし」

「俺は帰らなきゃ」

帰らなきゃ。そう思うことは、安心とイコールのはずだった。属する世界。いてもいいところ。待っていてくれる相手。整のちいさな充足。でもその時口にした言葉は水のりみたいに足元でねっとり粘《ねば》り、整を不安にさせた。このまま、どこにも行けないんじゃないか？　道の向こうの気球なんて本当はどこにもない。答えが出ないまま「帰らなきゃ」と繰り返すと不安はますます濃くなった。

「じゃあ、何で引き止めたの」

「……分からない」

ふ、と萩原が軽いため息をついた。なぜかびくっと肩を揺らしてしまう。

「……めんどくさい人だなあ」

批判じゃない、と思う。戸惑いの中に、親しみの情を感じた。セックス、というひとつの要素を除けば、自分たちはちっとも似ていないのに。

「じゃあ、あそこに見えるコーヒー屋で一杯だけ飲んで別れましょう。なら十分もかからないし、いいでしょ？」

整は黙って頷いた。留めたのは自分なのに、萩原が誘う流れになっているのをおかしく思いながら。萩原は、優しい男だ。

チェーンのコーヒーショップでうすいブレンドを飲む。何もしゃべらなかった。でもすこしだけ落ち着いた。無言のまま飲み終わり、レジの横にある返却のカウンターにトレーを戻してまた「じゃあ」の仕切り直し。今度は手を伸ばさなかった。萩原にも帰る場所がある。かおりの顔を思い浮かべる。


ストームグラスの中に、樹氷のような塊《かたまり》がびっしりできていた。液状に沈殿していた中身が針葉樹《しんようじゅ》の枝みたいな形をつくっているのだった。初めて見るもので、一顕は軽くびびる。

「何これ。かびて固まってるとかじゃないよな」

「んー？」

浴室に洗濯物を干していたかおりが近づいてきて「すごーい」と目を丸くした。

「雨の予報の時はこうなるんだって。説明書に書いてあった。初めて見たよ」

「そういやきのう、梅雨入りしたもんな。……でもこれ当たんの？」

「どうかな。一応、夜は折りたたみ持って行こうね」

かおりは楽しげに言った。

かおりの元先輩、「彩子さん」の新居は、なるほど豪邸だった。百五十平米超のつくりで、トイレはふたつあるし、個人のサロンを兼ねていることを考えても、ちょっと広すぎるだろ、というのが庶民の率直な印象だった。彩子もその夫も、見るからに「こういう家に住みそうな夫婦」で、三十畳のリビングには広さに引けを取らない立派なアイランドキッチンがあり、これまた、立派さに見劣りしない料理が様々に振る舞われた。お料理教室でちゃんと学びましたっていう感じの、テリーヌやらタンシチューやら、おいしいんだけど、これ毎日だときついだろうなーとこっそり失礼なことを考えた。一言で表すなら安らがないめし。

「萩原くん、ワインもっと飲むかい」

「あ、ありがとうございます。頂きます」

気前よく注《つ》がれる赤が値の張るものである、というのは、営業の端くれだから何となく察しがつく。手土産に下手なシャンパンなんて選ばなくてよかったよ、と内心で胸を撫で下ろしていた。

「僕ばっかり頂いていいんですか?」

「この人下戸《げこ》だから」

と彩子が代わりに答える。

「食も細いし、腕の振るいがいがないの。若い男の子が来てくれて嬉しい」

「図々しくてすみません」

「とんでもない」

悠然とほほ笑み「かおりが自慢するの分かるわ」と言った。

「え？」

「自慢なんかしてないですよ」

「うそ。つき合いたての頃なんか、休憩時間のたびに彼氏が彼氏がってそればっかりだったじゃない」

「してませんってばー」

「はいはい」

そんな会話を目《ま》の当たりにしても心が動かない自分を、一顕はふしぎに思った。嬉しくなりってわけじゃないんだけど、どこか他人事のような、ああそう、どうも、みたいな。そして自分がひどく冷淡な人間じゃないかと思えてぞっとする。やらせてもらえないからってやさぐれてんのか？　答えを求めるように広すぎて落ち着かないリビングを見回す。角部屋で二方が窓だから、光るビーズをばらまいたような都会の夜景が一望できるに違いない——高所恐怖症のかおりのために、ブラインドが下ろされていなければ。

半井さんちもこんな感じかな、とふと思う。まずいコーヒーを飲んで別れた時以来、メールをしていなかった。画面を開いても、何を打っていいのか頭が真っ白になる。あんなにとりとめないやり取りを繰り返していたのに、一顕自身にもさっぱり分からない。そして半井からの連絡もなかった。単純に株主総会で忙殺《ぼうさつ》されているだけならいいけど、水曜日の挙動不審さを思い出せば心配になった。平岩という男が現れてから、明らかに情緒不安定だ。それが「藤澤和章」に由来するものだと見当はつく。それでも半井は頑強に「帰らなきゃ」と言った。あんなに心細い目をしていたくせに。

そして一顕もまた、帰らなければならなかった。半井とは違う場所に。袖をつかんだ指がほんのすこしふるえていたのを、あの人は気づいていただろうか?

「――やだ、ごめんなさい」

彩子の一言で我に返り、直前の会話が何も耳に入ってきていなかったので「えっ」とすこし慌てる。

「コーヒー豆、切らしてるの忘れてた。あなた買ってきてよ」

「豆の種類なんか分からないよ」

「メモに書いてあげるから」

「自信ないな」

「本当に家じゃ役に立たない人ね」

「ひどいな」

わたしが行きます、とかおりが立ち上がる。

「そう？　じゃあ、一応夜だからスーパーまでの道案内兼ボディガードに夫をつけましょう。そのぐらいならできるでしょう」

「大役だ」

彩子の夫は笑って頷き、一顥に「すこしだけお借りしてもいいかな」と冗談めかして尋ねた。

「はい。方向音痴なんで迷子にならないよう見張ってやって下さい」

「分かった」

「ならないよ！　もう……」

ふたりが出て行ってしまうと、彩子は皿を片づけ始めた。ひとり座っているわけにもいかないので「お手伝いします」と一顥もキッチンに立つ。

「いいのよ、気にしないで」

「いえ」

「洗い物ったって、食洗機に任せるだけなの。鍋やフライパンはもう片づいてるし……ああ、じゃあ持ってきて下さったさくらんぼを洗ってもらえる？　お使い隊が戻ってきたら頂きましょう」

「はい」

大人が三人ぐらい入りそうな冷蔵庫から、手土産の佐藤錦《さとうにしき》が入った木箱を取り出し、用意されたガラスのボウルにあける。

「彩子さんも、お酒飲まれないんですか」

ホストの夫婦が結局、一滴もアルコールを口にしなかったので訊いてみると、「好きなんだけど」と返ってきた。

「今、妊娠してるから」

「ああ……」

こういう家で育つ子ども、というのは想像しにくかった。調度、と呼ぶにふさわしい家具に取り囲まれた、生活感の稀薄《きはく》な部屋に、おもちゃやキャラクターグッズがあふれ、羽をしまい忘れた南国の島みたいに、息苦しいほどあでやかな容貌の彩子がマザーズバッグを提げてベビーカーを押す……全然似合わない、が大きなお世話だろう。

「おめでとうございます」

笑顔の祝福に返ってきた言葉はなぜか「におうわね」だった。

「は？」

におうって、俺？　出る前にシャワーは浴びたし、汗をかいた覚えも、香水を振った覚えもない。じゃあガス漏れとか？　だったら警報が鳴るよな。聞き間違いか？　中途半端な笑みを残したまま彩子を窺うと、更に耳を疑う台詞《セリフ》が出てきた。

「精液くさいわ」

「は？」

あぜんとする一顕に頓着《とんちゃく》せず続ける。

「子どもはね、試験管で作ったの」

話の展開についていけない。だってついさっきまで四人でテーブルを囲んで、夏のネイルの新デザインだのサッカーのプレミアリーグだの、大人のディナーにふさわしい談笑を楽しんでいたはずなのに、唐突に精液？　試験管？　妊娠中でちょっとナーバスになってんのか？　でも彩子の態度は一顕よりはるかに落ち着いていた。

「射精障害っていうの？　あの人、セックスじゃいけないのよ。ずーっとお勉強ばっかりして女も知らずにきたから、長年右手と仲よくしすぎたってわけ」

温厚《おんこう》さや誠実さは感じ取れる、立ち居振る舞いも実に上品だ、それでいて恋愛とは縁遠そうな彩子の夫の顔が浮かぶ。でも、あんなに仲睦まじく見えたのに。

「結婚してからそれを知らされた私の気持ち、分かる？　人の裸を見て一生懸命手でこすって、ひとりでいってひとりで満足して眠るの。最近はそれもなくなったけどね。一晩中サルみたいに動画サイト見て……吐き気がするわ」

赤い唇の間から紡《つむ》がれる言葉は到底《とうてい》信じられなかった。何で初対面の俺にそんな話を、という意味で。だから疑問をおそるおそる口にした。

「僕が聞いていい話なんでしょうか」

「あら」

さも心外そうに頬に手をやる。

「あなたにこそ聞いてほしかったのよ。だって身に覚えがあるでしょう?」

「意味が分からないです」

「私ねえ、あの子に話したことがあるの」

彩子は言った。

「まだ、何とかしたいって思ってた。まともな夫婦になりたいって。勇気が要《い》ったわ。周りからは幸せな結婚をして何不自由なく暮らしてると思われてるんだから。……本当に、本当に恥をしのんで打ち明けたの。精いっぱい冗談めかしてね。そしたらあの子、何て言ったと思う?」

疑問形ではあるものの返答は求められていなかった。彩子はおかしくてたまらないというふうにくすくす笑う。

「『えー、私も彼氏と全然してないですよ。そっちのが楽じゃないですか? くっついて寝るのとかは好きなんですけど、男の部分出されると何か、冷めるようになっちゃって。大好きだし、ずっと一緒にはいたいんですけどね』」

内臓が急速冷凍されるのを感じた。予感はしていた。でも、こんなかたちで第三者から教えられるのは、かおりから面と向かって言われるよりもこたえた。

「よく覚えてるでしょう? 一言一句忘れられないわ」

隙なく塗られたファンデーションが、小鼻の脇によれてわだかまっているのを発見すると、彩子への嫌悪感が募《つの》った。気持ち悪い。この女、壊れてる。でも、その原因の一%ぐらいはかおりにあるんじゃないのか？　悪気もない代わりに、抱かれない女の苦しみを理解するつもりもないかおりの言葉に。

　俺とこの女はどれだけ違う？

　……俺には、半井さんがいた。

「あなたを見てすぐ分かった」

ひび割れのテクスチャを施《ほどこ》された爪が、一顕の手の甲に食い込んだ。なぜか一顕は抗《あらが》えない。

「出したくても出せない精液のにおいがぷんぷんして嬉しかった」

　そこでようやっと手を振り払う。

「……病院行ったほうがいいすよ」

「どっち？　私？　それとも夫？　夫は死んでも行かないでしょうね。家も金も全て与えて、子どもまでつくって、何が不満だって言われた。セックスがしたいなんて、君がそんな淫乱な女だと思わなかった、ですって。もう笑うしかないでしょ？」

　手の甲の爪痕がじんじんと疼《うず》いた。くっきりと曲線が刻まれている。

「でもあなたは私よりましなんじゃない？」

「……何がですか」

「早く結婚したら？　あの子は子ども好きだから、排卵日ぐらいはセックスさせてもらえるわよ。よかったわね」

さすがに拳《こぶし》を握りしめた。

「怒ったの？　別にいいのよ、かおりに言ったって。全部ぶちまけられたって私はちっとも困らない。本当のことだもの。傷つくのは彼女のほう。むしろ言ってほしいぐらいよ。あんな女、大嫌いだから」

完全になめられている。でも彩子の言うとおりだった。今の会話をばらしたところで、この女にはきっと失うものなどない。

鍵の開く音がすると、彩子は平然と手つかずのままだったガラスのボウルを取り上げ、流水でさくらんぼを洗い始めた。ぷちぷちと軸を外す手つきに、一顕は自分が、脚をもがれる無力な虫になったように感じた。

「ただいま」

と彩子の夫が入ってくる。

「お帰りなさい。コーヒー豆にしては袋が大きいんじゃない？」

「君の好きなはちみつがたまたま入荷されてたんだ。すぐ売り切れちゃうってこぼしてたろ？　まとめ買いしてきたよ」

「と言い訳して自分のおやつもちゃんと入ってるんでしょう」

「ちょっとぐらい許してくれよ」

「ふふ」

そのやり取りを、かおりはにこにこ見守っている。すてきな夫婦だな、という素直な憧れ。一顕だって、彩子の話を聞かなければそう思っただろう。

「雨、降ってた？」

「いえ、くもりですけど何とかって感じ」

「そう、雨の日は窓が濡れて、ネオンが溶けて流れるみたいできれいだから好きなの、私」

すこし開けてみましょうか、とブラインドのスイッチに手を伸ばすとかおりはぶんぶん首を振った。

「えー、無理です、私、高いとこほんと駄目なんで」

「窓際に立たなきゃ大丈夫なんじゃない？」

「だめだめ、足が竦《すく》んじゃう」

四つ並んだスイッチのひとつを彩子が押し、ブラインドがするする上がり出すとかおりは慌てて窓に背を向ける。

「冗談よ」

すぐに再度スイッチを押し、「かおりってほんとかわいい」と笑う女の眼差しに背筋が寒くなった。憎しみと寂しさ、悲しみと絶望、そういった感情がタールみたいにねっとりと澱《よど》んでいた。

さくらんぼも挽《ひ》き立ての豆で淹《い》れたコーヒーも、まったくといっていいほど味を感じなかった。曇天《どんてん》の下を言葉すくなに帰る。雨、降らねーじゃん。うそつき、とストームグラスの予報に内心で八つ当たりしながら。

「ヴォストーク」をわざわざネットで調べたのは、ひょっとしたら、という勘と単なる好奇心だった。けれど「藤澤和章」の手がけた製品を眺めていたら妙にいらいらさせられた。

シンプルで、よくできていて、素材にもこだわりがあって、そして一般的な収入の人間が手に入れるにはすこし背伸びが必要な値段設定。いいものだから、買う人間はたくさんいるから成り立っている。その理屈は分かるけど、似たような、もっと手頃な品がいくらでも売っているのに、和章の作ったものはいかにも「本物然」として取り澄まして見えた。

安っぽい嫉妬だ。分かっている。他社との価格競争に汲々《きゅうきゅう》として、すこしでもいい位置で売ってもらうため販売店に足繁く通って頭を下げ、季節の変わり目やボーナス商戦のたびにモデルチェンジを繰り返す商品を売る自分と、流行《はや》りすたりも景気の動向もまるで関係ないようにただ感性のまま何かを作り、熱狂的ではないにせよ確実に顧客を摑んでいる藤澤和章。企業の看板に頼れない自営の苦しみは一顕には想像もつかない。でも和章は好きなことをそのまま仕事にし、（半井の言葉を信じるなら）タワーマンションの高層階で悠々と暮らしているのだ──半井とふたりきりで。

「一顕、ねえ一顕」

いけない。彩子に毒されたのだろうか、自分の考えまでが何となく黒くなっているのを反省しながら一顥は努《つと》めて明るく「ん？」と返した。

「楽しかったね、ごはんもすっごいおいしかったし」

「うん」

楽しかった？　お前は本当に気づかなかったのか？　と問い詰めたくなる。あんなあからさまな悪意を向けられておきながら。得体《えたい》が知れないのは彩子よりかおりかもしれなかった。

「彩子さん、赤ちゃんいるんだって。今十週目？だったかな」

「へえ」

「育てやすいから女の子がいいって言ってた」

その話をされたくなかった。彩子の言葉がよみがえってくるから。排卵日には、という、あまりにもみじめで耳を塞《ふさ》ぎたくなるような。でもかおりは続けるのだ。はにかむような、一顥の大好きな笑顔で。

「私は、男の子がいいな。一顥に似た男の子」

「……そっか」

こんなことを言って、一顥が傷つくなんて思わないのだろう。もはや落胆する気力も湧かず、一顥はただ、頭上でとぐろを巻くような不穏な雲を見上げた。

闇の中に、ぼんやりと白いものがある。じょじょに焦点が合ってきて、それが布だと気づいた。波のようにたっぷりとうねる裾《すそ》に見覚えがある。ああ、この前美術館で見た像だ。でもこの前っていつだっけ？　よく思い出せない。ぼんやりしていると、布の描く曲線がかすかにかたちを変えた。動いた——布じゃなく、その下の身体が。生きてる。驚きもなく思う。自分の視点じゃないみたいに、勝手に目は白い塊の全体を捉《とら》える。息を呑んだ。

固そうな乳白の寝台に横たわっているのは、半井だった。石膏《せっこう》じみてなめらかな頰が上気している。うすく開かれた唇の間から覗く、赤い舌の先。まつげはぴっちりと伏せられ、そのすぐ上の眉間にはきゅっとしわが刻まれているのに、苦痛の表情はしていない。布の下の生身をまさぐり、自慰に耽《ふけ》っている。一顕は立っているのか、それとも浮かんでいるのか、自身のありかさえ定かではない。目を逸らさなければとか何か言わなければとか、様々な焦りが頭を瞬時に通り過ぎて後には半井の痴態《ちたい》しか残らない。

その半井が喉《のど》を反《そ》らし、唇をふるわせて、より没頭《ぼっとう》しているのが分かる。どんなふうにどこを触っているのか、手の動きが激しくなっているのは、布のうごめきで明らかだった。はっ、はっ、と息の上がる気配が、音より確かに伝わってくる。

ごく、と一顕は唾《つば》を飲み、その音が半井に聞かれてしまうのを恐れた。気づかれたらやめてしまうかもしれない——見たかった。最後まで。だってもう、絶頂に近いのが分かるから。まつげの一本一本にまで陶然《とうぜん》が満ち、耐えるように繰り返し寄せられる眉根。半井と負けないくらい一顗も興奮していた。張り詰める下腹の切迫。

もうすぐだ、そう思った時、初めて一顗は半井のこぼす声を聞く。

――……かずあき……。

ぐいっと、現実に引きずり出されるみたいに目覚めた。

夢。そうだ、夢じゃなかったら何だ。あんな――。恐る恐るタオルケットをめくり、自分の下肢《かし》がまだ硬いままなのに、情けなさより恐怖を感じた。

底なしのクレバスみたいに一顗を怯《ひる》ませてきた、テーブルひとつぶんの距離を越えて隣のベッドに手をつく。

「かおり」

低い声で名前を呼ぶと、背中を向けていた恋人は億劫《おっくう》そうに寝返り「どうしたの?」と膜がかかったような声で応じる。

「しよう」

と一顗は言った。今まで、はっきりと口に出せずにいた望みを。実行に移してみればたった三文字。別に奥手でも内気でもない自分が、どうして誘えなかったのかふしぎだった。

「……どうしたの?」

暗がりの中でかおりは軽く目を見張り「また今度ね? もう遅いから」と一顗の頭を軽く撫

でてから再び背を向けた。当然、想定内の返事だったから衝撃というのはなかった。ただ噛みつぶした失望の苦味が口の中いっぱいに広がり、ぎゅっとシーツを握り締めて耐えた。

何なの？　気持ち悪い、わたしはもう一生、あなたとセックスなんてしたくない——そう、はっきり宣告されるほうがまだましだった。こんな誠意のない空手形《からてがた》でごまかされるぐらいなら、うすいタオルケットの下にある女の身体は夢の中より遠く、一顕は、このままやっちゃったらそれはレイプなんだろうな、とどこかぼんやり思った。

そして上体を起こすとクローゼットに向かう。チェストから適当な服を出して着替えていると「一顕？」と今度は不安げな声がする。

「……外で頭冷やしてくる」

財布と携帯だけ持って家を出る。一階まで下りても、追ってくる気配はなかった。一顕は、メールを打つ。

『今起きてますか。すいません。何て言ったらいいのか分かんないけど、とにかく返事が欲しい』

眠っているかもしれない。こんな文章をいきなりよこされても返事のしようがないと思われるかもしれない。あの人はあの人で、悩んでいる最中かもしれない。でも今、一顕には半井しかいない。送信しましたの表示が消え、ふっつり暗くなった携帯を手に佇《たたず》んでいると返信が来た。

ただの一言『でんわして』の後に携帯番号。俺たち電話番号も知らないままだった、と思いながら、その数字を強く押す。

『……もしもし?』

辺りをはばかる声。そりゃそうだ、ひとりじゃないんだもんな。分かりながら一顕は、自分を止めることができなかった。

「きつい」

と絞《しぼ》り出すようにつぶやいた。

「つらい……」

ほかに言いようがなかった。今夜の件を一から説明したら、はっきりとかおりを恨んでしまう。

半井の問いは、ひとつだけだった。

『今、どこ?』

「……家、の下」

『じゃあすぐ行く、待ってて』

昔、かおりからもらった『行っていい?』のメールを思い出した。半井はかおりじゃない。その言葉を、半井から欲しかったんじゃない。でも一顕はその一言に、へなへな膝からくずおれそうになるほど安心した。何がよくなるはずもないのに、あの人に会える、とそれだけを思って。

結局、所要時間を考え、二人の家のおおよそ中間、の駅で落ち合う約束をして電話を切った。相変わらず二階から誰かが出てくるようすはない。真っ暗な窓を見上げていると迷いが生じてくる。

会ってどうするつもりなんだろう。こんなふうに家を空けて、今まで見て見ぬふりだった亀《き》裂《れつ》を決定的にしてしまうのかもしれない。それは、かおりを憎んでいるあの女の思うつぼじゃないのか?

どうするのが正解で、どうしたいのか。

ぽっ、と頭のてっぺんにつめたいものが滴《したた》った。見上げた鼻先にも、携帯の画面にも。雨。そう思った瞬間、一顕は表通りに飛び出し、タクシーに向かって手を上げていた。雨が降ってきた、なのに家の中に戻らず、外に出るほうを選んだ。それがどうしてなのか、きっとどれほど時間が経っても分からないだろうと思った。この選択が正しかったのかも。目的地を告げ、後部座席に深くもたれる。たちまち本降りになり、どしゃ降りに変わり、ワイパーのリズムが忙《せわ》しなくなった。

『東京都内、本格的な雨が降っています』

ラジオの気象ニュースを聞くともなしに聞く。

『五月は全然降らなかったのに、外はすごい雨音です。降ったらどしゃぶりって感じですね……えー、この降ったらどしゃぶり、悪いことはいっぺんに起こる、という意味のことわざなんですが……』

待ち合わせ場所に、半井はもう来ていた。終電を過ぎて閉鎖された駅のシャッターに背中をくっつけて雨をしのいでいる。来てくれた、本当に。ただ嬉しかった。「待ってて」と言って、待っててくれた。

説明でも、深夜呼び出したことへの詫《わ》びでもなく、一顆の口から、自然に洩れた。今、したいこと。

「俺、半井さんとセックスしたいです」

「うん。いいよ」

最初から分かっていたようにあっさりとした答えだった。

ラブホテルに飛び込む勇気は双方なく、徒歩圏内にあった普通のシティホテルを選んだ。もう日付が変わっていたから割引プランが適用され、「得した」と事前精算を済ませてつぶやくと萩原《はぎわら》もちいさく同意した。

エレベーターでは無言だったが、ツインの客室に入るなり待ちかねたように「何でなんすか」と尋ねてくる。

「俺だって訊きたいよ」

「それは……」

この期《ご》に及んで口ごもるかよ、あんな、死にそうな声でかけてきといて。整《せい》はカードキーをライティングデスクに放ると「秘密が欲しかったから」と言った。

「え?」

「あいつは俺に何か隠してる。それが何なのか、知りたいけど知りたくない。だから俺も秘密をつくる。それでバランスが取れる。お前と寝る、って、秘密の重さとして釣り合う気がした」

萩原はさっぱり意味が分からない、という顔だった。それはそうだろう、整自身、この答えが本心なのか自信がない。萩原の声を聞いた瞬間には「あ、行かなきゃ」ということしか頭になかった。俺が行かなきゃ。当然、和章《かずあき》には不審がられたが「会社で後輩がトラブってる」の一点張りで飛び出してきた。家でひとり気を揉《も》んでいるだろうという想像は、ブレーキにはならなかった。きっと萩原もそうだ。

「……俺は……」

その萩原は、チェアに腰を下ろして肘《ひじ》かけに頬づえをつく。横顔の鼻すじがすっと通ってきれいだとその時思った。

「『絶対ばれない浮気』」

「俺と?」

「そう。何してたのって訊かれたら会社の人と会ってたって言う。メールや電話の履歴も、何ならホテルの領収書も見せる。いい店がなくて大雨で、部屋借りて飲んだくれてたんだって言ったら疑われっこない。半井《なからい》さんだって口裏合わせてくれるでしょ」

「……男同士だもんな」

「そう」

「じゃ、そういうことで」

整は手に持ったビニール袋をがさがさ振った。途中の薬局で買ったローションが入っている。

「一応念押しとくけど、彼女と別れる前提とかやめてな。俺、そういう修羅場《しゅらば》に巻き込まれるつもりないし。後ろ向きな気持ちなら断るよ。俺だって何も壊す気ない。これからもお互いにうまくやっていくためにセックスするんだよな?」

ばかばかしい、と思う。こんなにまでいびつに、何を守りたいんだろう。まだ壊れていないなんて誰に言えるだろう。萩原もおそらく同じことを考え、でも「もちろん」と答える。だって自分たちは同類だから。

「『前向きな浮気』って、いいんだか悪いんだか微妙ですね」

「浮気は何であろうと悪いよ——じゃ、風呂場で準備してくるから」

バスルームに向かいかけ、「俺が下、でいいんだよな?」と確認すると萩原が「できれば」とやけに神妙な顔で答えたのは面白かった。シャワーで身体を流し、ローションの封を切って中身を手のひらに垂《た》らす。実際使うために購入したのは初めてだが、膜のように粘《ねば》るとろみに驚いた。これ使ったら鼻の穴にだって入るんじゃね? 恐怖は感じなかった。続行が難しいほど痛かったら萩原だってやめてくれるだろうし、成否の責任の大半はあっちにある。要は勃《た》たなきゃそれまで。元々女にしか興味のない男が、自分に興奮するとは到底《とうてい》考えられなかった。「しようと試《こころ》みた」だけで、秘密としても浮気としても十分だ。

ローションを身体の後ろに塗り込めて「準備」をしようとするのだけれど、ぬるぬる滑《すべ》るし指を深く挿《さ》し入れる踏ん切りはつかないしで、思うようにいかなかった。ボトルの半分近く無駄に消費してから、こんなんじゃ夜が明けると諦めてバスローブを羽織《はお》った。部屋に戻ると、萩原はまだ服さえ脱がず、風呂に入る前と同じポーズで静止していた。近づいても反応がないので裸足のつま先で脚の間に軽く触れてやる。

「うわ! ちょっと、何すんすか」

「ちょっと、全然勃ってねーじゃん。できんの、こんなんで」

「一時間ぐらい前はちゃんと……」

と言いかけてなぜかふいっと口をつぐんだかと思うと、「余計な心配ですよ」と整の足首を掴んだ。人差し指に視線が注がれるのが分かる。

「……ここ？　治してもらった爪」

「うん」

「膨《ふく》らんでますね」

指先でなぞられた瞬間、名状《めいじょう》し難《がた》いしびれが膝のあたりにまで這いのぼってくるのを感じた。和章を思い出したせいだ、と思うことにした。

「何でホテルってこう、無駄に枕多いんだろうな」

足用の、円柱形の枕を隣のベッドに放る。

「あと、何でか歯ブラシでかいですよね」

「歯磨《はみが》き粉《こ》が異様にまずいとかな」

セックスってこんな段取りでいいんだっけ？　久しぶりすぎてよく分からない。ぴっちりとマットレスの下に敷き込まれた上掛けを剥《は》がし、ベッドサイドの明かりだけ最小に絞《しぼ》って生かしておく。そうこうしている間に服を脱いだ萩原がのしかかってきた。

「……ちょっと何か、笑っちゃうな。やっぱり」

「そりゃないでしょ」

「メル友から始まってセックスしちゃうやつらなんかバカ極まりないって思ってたのに」

「俺もですよ」

自分から脚を開くと、萩原は身体を割り込ませ、下肢《かし》を扱《しご》いている。そっちにはそっちの準備が必要、ていうか何の色気もないな、まじで。

「テレビつける?」

と整は尋ねた。

「この状況で?」

「いや、有料チャンネルとかあったら捗《はかど》るかなって」

「いらないすよ……」

やがて、十分な状態になったのか、ほんのすこし呼吸を速くした萩原が整の両膝に手を置いた。

「……すいません。俺、まじで勝手が分かんないんですけど、力抜いててとかそういうアドバイスでいいんですか?」

「童貞に戻った気分?」

「かなり懐かしい心許《こころもと》なさですよね」

「初めてしたのっていつ?」

「高一」

「どんな感じだった?」

「秘密」

「恥ずかしいから？」

「相手のあることだから」

そっと、たしなめる口調で言う。整は自分がひどく幼稚な質問をしてしまったような気になった。悔しくなって言い返す。

「相手のことを俺は何も知らないのに？」

「知らなくても、です」

「……お前のそういうとこ、俺は結構好きかもしんない」

「この状況で言われたら恥ずかしいすよ」

かおりもきっとそうだと思ったが、それはさらに不適切な気がしてやめた。

「あ」

身体の奥に、当たるのが分かる。ひたり、とローションの被膜越しのそれは熱くも硬くもなく、ただなめらかな感触だった。ぎゅっと目を閉じる。力が抜けるようにと念じはするのだけれど、一体どうやったら挿りやすくなるのか実感として分からないし、身体の上に身体がある状況は、どうしたって緊張を誘う。ああ、セックスって信頼関係なんだよな、実感する。恋愛という免罪符がない間柄なら、尚更。

「ん……」

萩原も懸命に指で探りながら挿入を果たそうとするのだけれど、潤滑剤が却《かえ》って悪く働くのか、表面で滑ってなかなか進めない。

「……難しい」

しばらく悪戦苦闘してから、整の顔の横に伏せる。背中にそっと手を這わせると上下する肌が汗ばんでいて、申し訳ない気持ちになる。と同時に、絶対やってやる、という妙な決意も芽《め》生《ば》えた。ことの前には、駄目なら駄目でいい、とどっちつかずのテンションだったのに。こんな夜中にわざわざ出てきて、ホテル取って、ローション買って、一連のあれこれが無駄になるのがすごくもったいなかった。

「……元を取りたい」

「はい？」

「何かそんな気分」

「半井さんてまじ変わってる」

「そうかな」

「てか、女だったらすごい地雷。暗い過去あって、取っつきにくいのに慣れると案外するするしゃべって梅雨時《つゆどき》の天気みたいに情緒が不安定。距離感独特で振り回されるし、女が、自分の彼氏に絶対会わせたくないって思うタイプ」

ダメ出しされているのか、だから男でよかったなと言われているのか、萩原の意図が読めなかった。が、いい気はしない。

「ケンカ売ってんのか？」

「何でこの状況でケンカ売るんすか」

「この状況で悪口言われんのが意味不明」

「悪口かな……実は俺にもよく分かんないす」

と萩原は言う。

「分かんないんですけど……あの、普通にやってみてもいいですか？」

「は？　普通って？」

「普通のセックスです。こういう、はいどうぞ、はい挿れます、じゃなくて。半井さんが気持ち悪くなければ」

「そりゃ俺じゃなくてお前だろ。大丈夫？　やけになりすぎてない？」

女を抱くように整を抱きたい、だなんて血迷いすぎだろう。

「だって、こういう作業っぽいのって焦《あせ》るし萎《な》えそうだし……とにかくお願いします」

「いいけど……」

どう考えたってきちんとした手順など踏むほうが性欲が減退《げんたい》しそうだが、気のすむようにすればいいと諦めぎみに応じる。

「重かったら言って」

と身体を預けてきた。裸の胸が重なってくる。肉体の構造上決して心地いい感触とはいえなかった。硬い骨がぶつかる。プラモデルの合わない部分を無理やり接《つ》いだようなちぐはぐさは、ほらやっぱり違う、間違いだよ、と誰かに言われている気がした。でも整は萩原の背中に、さっきは泳がせるだけだった手をしっかり回し、自分から強く引き寄せた。あまり体重をかけないよう注意を払っていただろう萩原が、すこし戸惑ったが「いい」とすぐ傍《そば》の肌に向かって言う。

「ぺしゃんこにつぶれたりしないよ。女じゃないんだ」

「……うん」

それに、気持ちよかった。生身の人間のぬくもりと感触、肌同士で聴く心臓の音。ずっと足りなくて、ずっと欲しかったもの。雨を乞うように必死で求めていたもの。整は目を閉じる。全身にかかる重みを和章だと脳内で設定する。代用品にせよ実体があるから妄想より手っ取り早くテンションが上がるんじゃないかと思ったのだ。

でもうまくいかなかった。においとか呼吸のリズム、気配、存在のニュアンスがまるで違う。視覚を閉ざせば別人であることをむしろ強く意識させられた。これは和章じゃない。一秒ごとにはっきり思い知らされるのにふしぎと嫌悪《けんお》は感じない。

「……触っても、いいですか」

「うん」

萩原は遠慮がちに、肩とか二の腕とか無難《ぶなん》なところをそっと手でさするようにした。まだセックスには程遠いけど、そこだって気安く他人に触れさせる場所じゃないのは確かだ。鎖骨《さこつ》から胸板、何もお楽しみがなくてすいませんねえ、と心の中で謝る。するとそれを読んだかのように萩原の手は、ちいさな尖《とが》りでとどまった。

「くすぐったいよ」

「くすぐったいとこって、要するに性感帯ですよ」

普通にしていいとは言ったものの、気恥ずかしくなって手をどけようとしたが指先はしつこくそこを弄《いじ》った。すぐに固く立ち上がり、指の間でこりこりと質感を変えていくのが分かる。泡のようにぷちぷち弾《はじ》けるだけだったくすぐったさは、やがてとろっと濃くなり、はっきりとした性感に結晶していく。声は出すまいと思っていたけれどぷつりと膨《ふく》らんだ丸みに舌まで這《は》わされると整は初めてちいさく喘《あえ》いだ。

「あ」

すると萩原はそこを甘噛みし、唇の狭間《はざま》で吸い上げ、試すようにいろんなやり方で愛撫する。

「んっ……」

声聞いちゃうとさすがに萎えないかな、でも出すなとも出せとも言われない——乳首を嬲《なぶ》られながら逡巡《しゅんじゅん》している間に、萩原の手はその下へと進んでいった。

「ん、あっ!」

性器に直接触れられると、あからさまに反応してしまう。こすり方も指の位置も、自分でするのとは微妙に違って、物足りなかったりもどかしかったりほんのすこし痛かったり、でも自分でする時よりずっと直情に熱を帯《お》びるのが分かって内心でうろたえた。

和章じゃないのに、和章じゃなくても気持ちよくなってる。実は誰でもよかったんだろうか。行きずりの男、とかではないけれど――。

「ん、や！」

上部のくびれから先端へ、そして細い管《くだ》の出口へと指先が辿《たど》る。剝き出しの過敏な部分を弄り回されると、考え込む余裕もなく腺液《せんえき》をにじませた。

「あ、っあ、あ……」

「ローションて、これ？」

「ん……っ」

枕元に転がしていたボトルを取り、中身を直接整の下腹部へと垂らす。とろ、と液体にしては重みのあるそれはひやりと性器を伝い、身ぶるいは一瞬後にぞくぞくしたざわめきになって身体の隅々にまで伝播《でんぱ》した。

うっすら透明な層をまとい、卑猥《ひわい》に光って興奮をより際立たせる昂《たかぶ》りを、萩原が激しく扱く。ごくごく薄い舌にすっぽり包まれてもみくちゃにされているような感覚に潤滑剤のつめたさなどすぐ忘れた。

「や――あ、あぁ、んんっ……！」

ぐい、と片脚だけ肩に引っ掛けてその背後まであらわにすると、萩原はちいさく閉じた器官に指を潜《もぐ》り込ませた。ぬめる異物は多少の抵抗に頓着《とんちゃく》せず挿り、なかまでローションにまみれさせていく。自分じゃとてもできない。見えてるほうがやりやすいのかな、と思い、萩原にさらしている下肢のありさまを今更客観的に想像した途端、火を吹きそうな羞恥《しゅうち》に身をよじった。

「やだ……」

「ごめん、痛い？　指一本だとまだ平気っぽいけど」

「じゃなくて……は、恥ずかしいんだけど」

「え？」

一拍置いて、なぜか萩原まで赤くなる。

「俺だって恥ずかしいのこらえてますよ」

「は？　何でお前が」

「会社の人にこんなことしてると思ったら恥ずかしいすよ。しかも俺から誘って……でも、セックスってこっぱずかしいもんだし、と思って。だからちょっと、我慢して下さい」

分かるような分からないような言い分ではあったが、二本目が挿ってきたのでどの道怖くて暴れられない。慎重に、そして抜かりなく内壁を慣らし、触れる限りのあらゆる箇所《かしょ》を指の腹で探りながら抜き差ししていく。中で半回転されると、身体の奥がやわくねじれる違和感はなぜか今まで味わったことのない快感として性器に伝わり、じわ、と新しい先走りを出させた。

「ん、あ、やぁ」

「……もっといけそう」

とうとう、三本の指でまとめてひらかれ、これからの行為をはっきりと示すやり方で繰り返し突かれた。強弱をつけて赤裸々《せきらら》な動きで、整の奥へ訪《おとな》う。

見えないのに、ある、と分かるものがある。

小刻みに前後する指の腹が行き来のたび圧をかけるところ。過敏な神経が眠っている。だってそこを掠《かす》められると、しなったままの性器と回路が通じて、自慰とも、萩原の手管《てくだ》ともまったく別の性感がポンプみたいに勢いよく送り込まれるのだった。

「や、っや、いや、ぁ……っ、ああ、あぁ……」

洩れる否定を、萩原は無視する。指の届く範囲をすべて陣地にしてしまってから、ローションで潤《うる》みきったところに再び昂りをあてがう。それがちゃんと勃起しているのに整はほっとした。ある程度のギブアンドテイクが成立している、ということだから。信頼、バランス、意思疎通《そつう》。セックスにはかくも様々な材料が必要だ。

「……挿れますね」

「うん」

さすがに、指ほどスムーズじゃない。それが孕《はら》む硬度と血流にどうしても身体は緊張した。

漏斗《ろうと》の口みたいに不自然なひらかれ方でくわえさせられる下肢が強張《こわば》り、こめかみにいやな汗が浮かんだ。

「う……」

それでも、やめるなよ、という意図を込めて自分からさらに脚を開くと萩原は整の両膝に手を置き、力を込めて腰を打ちつけた。

「く――」

「あぁ……!!」

ぎゅっと目を閉じると、殴られたわけでもないのに、真っ暗な脳裏《のうり》で白い点がちかちか明滅《めいめつ》した。

「ごめん……」

「いや」

どうやら挿るだけは挿ったらしい。心配そうな萩原に見下ろされながら額に張りついた前髪をかき上げる。身体の真ん中を串刺しにされたみたいにうまく身動きが取れなかった。息をするのもままならない。にっちもさっちも、て感じなんだけど続行できんのかな。

「あー……」

「痛いですよね」

「まあ痛くないっつったら嘘ですけど苦しくないっつったら嘘ですけどみたいな……へんな感じ、

それに尽きる。これぱっかりはされてみないと分かんないと思うよ」

「それはちょっと」

萩原が半《なか》ば本気でびびったので「代われなんて言ってないだろ」と苦笑した。

「で、お前はどうなの。忌憚《きたん》ない意見聞かせてよ」

「正直、悪くない、つーかいいです。普通にいけそうです」

「そっか、じゃあとりあえず普通にいってみてよ。どんくらい協力できるか自信ないけど」

「はい」

真顔で頷いてから「何だよこの会話」と噴き出した。

「あの、まじで無理そうだったらちゃんと言って下さい」

「はいはい」

「いやほんとに」

「分かったってば」

おずおずと、物慣れないふうに腰を押し引きし始める。あんまりぎこちなくて、整は自分が性悪《しょうわる》な手練《てだ》れになって童貞をたらしこんだような気分にさせられた。悪くないかも。

「んっ……」

押し込まれたもののせいで、身体のなかが奇妙に窮屈だった。輪のかたちにひらかされたふちがぴりぴり痛むのは事実だし、挿ってくる時も出ていく時も腹の底がにぶく疼《うず》いた。鉛《なまり》を飲まされたようにずしりとした圧迫感。

身体感覚だけに集中すればもっと拒絶したくなって当たり前なのに、整はちっともいやじゃなかった。のしかかる萩原が、目や手や耳や、全身で整の反応を窺っているのが伝わるからだ。さっさと動いて射精することもできるだろうに、整に必要以上の忍耐をさせまいと気にしている。

お互いに勝手が分からなくて心配だから？　誰とする時もそうなんだろうか。俺のセックス見たことあるんですか、とか言われたっけ。何も知らなかったから。

ほんとにお前のこと、何も知らなかったんだよ。こんなに優しく誰かを抱くんだって。

そっと手を差し伸べると萩原は不安げに遠慮がちな律動を止めた。

「やっぱきつい？」

「ううん」

頬を挟み、目を覗き込んで言う。

「この身体がいらないなんて、ぜいたくなやつがいるんだなあ、ってさ」

萩原は大きすぎるものを飲み込まされたように一瞬ぐっと顎《あご》を引いて息を詰め、それから深くうなだれて整の手と視線を避けた。

「おい、何だよ」

「……今、そーゆー台詞は反則でしょ……涙出るかと思った」

大げさな、と笑い飛ばしそうになったが、萩原の腹筋がわななくように細かく波打っているのが見えたので口をつぐんだ。その、腹の下にひとりで抱えてきた萩原の苦しみを思った。肯定されたい、肯定されたい、と。

「ほんとに？　ほんとにそう思ってくれる？」

「ほんとだよ、嘘じゃないよ。萩原は悪くも汚くもない……俺に言われても、って話だけど」

萩原はうつむいたままかぶりを振る。

「萩原」

「もっと、動いてもいいですか」

もう一度整を見た顔は、照れくさそうだったが泣いてはいなかったのでほっとする。

「うん」

ぐ、とさっきよりずっと深く、体内に萩原が食い込んできた。一緒にせり上がって逃れたくなる衝動を懸命にこらえ、整はかかとでマットレスに踏ん張る。

「く……」

内壁を逆撫《さかな》でられる生々しさに顔をしかめたのはものの数秒で、逆の方向にずるりと引っ張られると勝手に声が出た。

「あぁ……」

二度、三度と重ねるごとに摩擦で温度があがるのか、整の内腑《ないふ》を浸《ひた》したローションが湿潤《しつじゅん》の度合いを増し、すべらかに異物を啜《すす》った。

「ん、あ、ああっ……！」

その都度、首をもたげたものはかさ増して狭《せば》まりを圧迫し、ひろげられたぶんだけ新しい刺激が乗算《じょうさん》される。指で覚えた弱いポイントを、萩原はちゃんと性器でもなぞる。

「あぁ……っ！　や……」

締めつけを振り切るような激しい動きにいいだけ翻弄《ほんろう》され、ぎしぎし鳴るベッドの上で組み敷かれたまま跳ねる。とろとろ制御をなくしてこぼし続けているのはもう先走りじゃなくて精液かもしれなかった。絶頂で突出するはずのグラフの線が、高止まりのまま水平に推移し、力を抜けなくて苦しい。でも気持ちいい。自分ではもうここから上へも下へも行けないと思った。萩原がどうにかしてくれないと。

「萩原――あ、はぎわら……っ」

どう懇願《こんがん》したいのか、とにかくその名前自体に縋《すが》るように呼ぶと萩原はぐっと上体を倒し、整をきつく抱きすくめた。限界だと思っていたところからもうひとつ奥を突き刺された快感より、その汗だくの抱擁《ほうよう》に感じて声を上げる。

「あ！　っん、あ、あ――」

そのまま、振れ幅は短いけれど強い蹂躙《じゅうりん》で攪拌《かくはん》され、整は本当の頂点へと突き上げられるのを感じる。密着した萩原の腹にもこすられる性器がぬるつきながら高まり、そのすぐ内側で発熱する硬直を締め上げる内壁と同じ呼吸で先孔《せんこう》をふるわせた。

もうすぐ、もうすぐいちばん上。その一瞬後の、めまいがするような墜落も、待ち遠しい──ほら。

「ああっ、あ、あ、んん……！」

ごり、と音がしそうな強い挿入はけいれんを伴《ともな》う激しい射精をもたらした。同時に粘膜はしゃくり上げるように萩原を絞り、そのかたちや硬さや熱に余すことなく吸着して萩原の絶頂をも促《うなが》す。

「う……ぁ、半井さん……っ」

雄の呻《うめ》きとともにささやかれた名前は、自分のものなのに、生まれて初めて聞く響きだった。数度の放出の後も、萩原は整を離そうとしなかった。


交替でシャワーを浴びてから短い眠りについた。整に未使用のベッドを使わせて、萩原はぐしゃぐしゃに乱れたほうに寝転がっていた。おかしなもので、一緒に寝ようと持ちかけるほうがセックスより恥ずかしい気がして、整は何も言えなかった。

早朝、携帯のアラームより早く空腹で目覚めると萩原も同じようなタイミングで身体を起こす。

「……腹減りましたね」

「うん」

同じことを考えているのが何だか嬉しくて笑う。萩原はきゅっとまぶしげに目を細めたがカーテンを閉め切った部屋は暗いのできっと気のせいだろう。

「下でめし食って帰ろう」

カードキーと共に渡された朝食券を見せると「朝食付きのプランにしてたんだ」と驚かれた。

「そんな値段変わんなかったし。何で?」

「いや……夜の時点で、朝めしのことなんか俺、頭になかったから。夜が明けるのも、腹が減るのも想像つかなくて」

「何やったって朝は来るし腹は減るんだよ」

生きている限りは。整はそれを、萩原よりほんのすこしよく知っている。

「半井さんて、図太いのか繊細なのかよく分かんないすね」

備え付けのシャツパジャマを脱ぎ、身支度をする。ほんの数時間前、あんなに傍にあった身体が今は遠い。腰の重いだるさは確かなのに、嘘みたいだった。この男に抱かれたなんて。

レストランは高層階にあり、灰色にけぶる街並みが広々と見渡せた。雲はもわもわといくらでも湧いてきて雨を降り注がせる。

「やみそうにないな」

「ですね」

まだ人は少なく、だからいっそう雨の存在感が増した。萩原が取ってきたオムレツの黄色がはっとするほど鮮《あざ》やかに見える。萩原は、整の皿にあるプチトマトを見て「赤いな」とつぶやいた。たぶんお互いが、「現実」を強く意識した瞬間だったのだろう。真夜中の、雨に閉ざされた部屋から出て、これを食べたら別れるのだという。

だからと言って食欲がなくなったなんてことはなく、ふたりとも旺盛《おうせい》に食べた。新雪《しんせつ》に足跡をつけるように手つかずの大皿やボウルからベーコンやソーセージや生野菜を取り分け、山と盛られたパンからいくつかを選んでバターをたっぷり塗った。

「株主総会終わったらさ、何か企画考えなきゃいけないんだけど」

「企画って？」

「上半期、業績よかっただろ。社員に還元できるような催《もよお》しを、だって」

「百円でも給料に上乗せしてくれるほうがありがたいですけどね」

「社長がイベント好きだからしょうがない」

傍目《はため》にはただの同僚でしかない会話をしながら食後のコーヒーを飲んで部屋に戻ると、意味もなく「さあ」と声に出した。することがない、という手持ち無沙汰《ぶさた》をごまかしたかったのかもしれない。戻ったものの手荷物もないし、あのままチェックアウトすればよかったのだ。

「出ようか」

「半井さん、傘どうするんすか」

「適当に買って帰るよ」

ビニール傘を買って帰り、和章に不要品として捨てられるのを想像すると、なぜか悲しくなった。

「ていうか、傘ないのは萩原もじゃん」

「そうすね」

「へんなやつ」

かたちばかりシーツを直し、整が先に立って今度こそ部屋を後にする、はずだった。

「……何だよ」

ドアノブに掛けた手に、萩原の手が重なる。

「名残惜《なごりお》しくなっちゃった？」

冗談ですませようと、あえて軽い口調で問う。そうしたら萩原は「すいません」とちょっとばつ悪そうに、謝るはずだった、整はそう思っていた。

けれど萩原の手には力がこもり、整の指を冷えた金属から引き剝がしてしまう。

「おい――」

「そうです」

いつもより低い声、どんな時に出すのかもう知っている。性交の欲望でずしりと艶《つや》を帯びて重くなる萩原の声。

「いやだ、まだ帰したくない。まだ行くな」

「何言ってんだバカ」

「本気です」

「だから悪いんだよ。二晩も家空けたらお前だってやばいだろ」

「メールします。子どもじゃないんだ、平気ですよ」

「そうじゃなくて――」

いつの間にか萩原の両腕はしっかりと胴に回されている。整は怖かった。その拘束に安堵している自分が。用もないのにわざわざ部屋まで引き返したのは未練と期待があったからだと認めるのが。

もう一度、抱いてほしい。肉欲か愛着か、もっと別の感情なのか。

「あ」

うなじに吸いつかれて、痛みと恍惚《こうこつ》が針のように細く鋭く刺さってくる。萩原の鼻先がえりあしにこすれる音がした。シャツのボタンを上から外されていく。ボタンホールに引っかかるたび萩原が苛立たしげに生地を引っ張るので整は「ちぎるなよ」と注意しなければならなかった。

「半井さんがおとなしくしててくれるんなら」

最初の、たどたどしい進行とはまるで別人のように萩原は強引で熱っぽかった。気心の知れた女とする時ってこんな感じなんだろうか、と思ったら腹立たしくなり、肘を軽く叩いていやみを言った。

「呑み込み早いね」

「何が」

「ぐっと要領がよくなったからさ」

「おかげさまで」

萩原は取り合わずに耳の裏を下から上へ、舌先でなぞり上げる。するとごく弱い電流がぞくぞくっと首すじを駆け下りた。流れ星の尾のように消えたかと思えばそれは細かい粒子《りゅうし》になって整の全身に拡散していく。牛脂《ぎゅうし》みたいに室内で冷えて固まっていた情事の気配がふたりぶんの息で徐々に温められ、ゆるみ、溶け始めていた。

「半井さんだって、そうだ」

「は?」

「……ほら」

はだけられたシャツの前から指が忍び入り、つ、と乳首に触れた瞬間快感にすくんだ。

「ん……っ」

「ちゃんと覚えてる」

そこを愛撫されて気持ちよくなることを。整の羞恥を置き去りに身体は萩原の刺激を思い出し、ささやかだけど濃密な性感を蓄《たくわ》えて朱《あか》く尖る。

「ほら」

「お前、最悪……」

「そっちが最初に言った」

子どもっぽい言い合いをする口のすぐ下にはまさぐる手があり、まさぐられて高まる肌がある。ぐっ、と強引に腰を引かせられ、両手をすぐ目の前の扉につくと持ったままだったカードキーが音もなくカーペットに落ちた。その代わりのように、萩原が整のベルトを外す音はかちゃかちゃと不快なほど高く響く。

「あ――！」

ジーンズと下着をまとめてずり下げると、いきなり指先で後ろを探り始めた。さほどの抵抗もなく第一関節まですするりと挿ってしまったのがいたたまれない。

「よかった」

もう片方の手で腰の骨を撫でて萩原がささやく。

「まだやわらかい」

「お、まえががんがん突っ込んだからだろうがっ……」

「何で怒んの、喜んでんのに」

「バカ……っ、あ――」

バスルームでちゃんと精液をかき出したつもりだったのに、内部がねっとりしているのが、奥まで挿し込まれる指の感じで分かった。音にならないくぐもった気配が身体の中から整に訴える。まだ、もっと、できる、と。

「あぁ……」

曇天《どんてん》の色をしたじゅうたんに落ちる自分の影。木目調のドアにすがる自分の手。二本も三本も好き勝手に挿り込んでくる萩原の、指。背後から性器に擬態《ぎたい》して粘《ねば》ついた音をさせながら整を犯す。根元まで突き入れておきながらもっと奥を知りたそうに、それができないのはこちらのせいだとでも言いたげにぐりぐり粘膜をにじってきて、その内に隠れた神経を快感で苛《さいな》んだ。発情に色がつくなら、もうつま先から膝のあたりまでじわじわ侵食されているのが分かるだろう。

「や、や、あっ、萩原、いや、だっ……！」

「いや？　何で？」

「んっ！」

じれったいのろさで指が引き抜かれていく。でも惜しみながら肉が閉じていくと、咎《とが》めるように角度と勢いをつけてねじ込まれ、喉元まで噴き上げんばかりの性感にのけぞる。

「やだ、もう、立てない……」

「支えてるよ」

「や、ここじゃ——あ、ああ……！」

萩原は聞く耳を持たず、両手で整の腰を固定して下肢を押しつけた。性器の熱さはたやすく整をひらき、あっという間に指が到達し得ないところまで収まる。それは同時に整の中心にも固い芯を与えて、指一本触れられないまま昂ってしまう。

「あぁ……っ、あ、あ」

男のかたちに拡《ひろ》げられた部分が、物欲しげに異物を吸った。

「……気持ちいい」と萩原がつぶやく。

「何かここって、舌と口がひとつになったみたい」

いっぱいにくわえたふちをいたずらになぞられると、身体の内外のあわいを許しているという背徳的なくすぐったさに悶《もだ》えた。

「や、ぁ」

「……動かすよ」

「あ！」

交わった部分を萩原に向かってより突き出す体勢を取らされ、苦しいし恥ずかしいしいやなはずなのに、ぐいと先端で穿《うが》たれると、より感じる角度を求めて身じろいでしまう。それはすぐ萩原にばれて、「ここ？」と怖いほど的確に何度も抉《えぐ》られた。

「あ、あ、あっ……や、や、だめ、そこ……っ」

「感じてるのに?」

「だ、って──」

繰り返されても興奮は摩耗《まもう》することを知らず、身体はいくらでも悦《よろこ》ぶけれど思考のほうが擦《す》り切れてしまいそうで怖かった。肉の、にぶい結合の音と自分の上ずった声、それに萩原の動物じみた息遣い、性交のみだらなかけらだけを拾っていた耳に、かちりと硬質な響きが届いた。

廊下にずらっと並んでいた同じ規格のドアを思い出す。

そうだここは無人島でもシェルターでもなく都心のホテルで、自分たち以外の誰かがいる。エレベーターに乗るには、この部屋の前を通らなくてはいけない。

「萩原待って、あ、人が、通る……」

切れ切れに訴えると、萩原は休むどころかますます激しく整《むさぼ》を貪ってきた。

「あっ、や、ばか、聞こえる──っん、ぅ……!」

手のひらで口を塞《ふさ》がれ、吐き出せない性感が皮膚の下をぐるぐる循環してもどかしい火を燃え上がらせた。同時に、短いストロークで律動する性器が張りと硬度を増し、萩原が状況にも欲情しているのがダイレクトに伝わってきた。

「んん……っ!」

ドアスコープは目の前だった。容赦《ようしゃ》なく揺さぶられているせいで焦点《しょうてん》は合わないものの、小さな魚眼《ぎょがん》の窓越しに人影が横切って行くのは分かった。一瞬、この部屋の前で立ち止まり、扉一枚の向こうを気にしたように見えたのは思い過ごしだっただろうか。こんなところでセックスしているのも、こんなことで興奮しているのも異常なはずなのに、潤《うる》んだ粘膜を行き来する硬直は隅々まで整を支配してしまう。

ぐ、と獲物に飛びかかる寸前のけものが一瞬身を引き締めるようになかのものが凝《こご》る感じがして、飽和《ほうわ》の予感にとろけきった孔《あな》がきゅうっと引き絞られる。

「う……っ」

「んっ、んん……!!」

ドアが汚れないように自分の性器を両手で塞ぎながら、前と後ろ、二重の放出に全身をわななかせる。割り開かれない奥まで欲望で汚されるのは寒気がするほどの恍惚だった。汗と整の唾液でじっとり湿った手が離れると、吐息とないまぜのあえかな声がこぼれた。

「……まだだよ」

「あ——」

忙《せわ》しなく交合を解くと、萩原は整の肘を掴む。膝の下で着衣がわだかまっているからうまく歩けないのに、強引にベッドへと急《せ》かされた。しわくちゃのシーツの上に整を転がすと靴、靴下、服の順で手荒く脱がし、何の遠慮もなく膝の間に割り込んできた。

すぐさま再挿入されるのかと思ったら、手首を取られた。

「あ」

手のひらについた精液を、萩原が舐《な》め取る。犬のように熱心に丁寧に。そんなことはされたくないはずなのに、整は何も言えずじっと見ていた。右、左。白濁《はくだく》の散った手を唾液まみれにしてしまうと、今度は後ずさり、整の下腹部に顔を埋《うず》めた。

「や、あぁ……っ！」

射精したばかりの性器を口に含まれ、まだ残滓《ざんし》をとどめた先端を吸引される。わずかな滴りがささやかな管から抜ける感覚に腰が浮いた。前戯《ぜんぎ》でも奉仕《ほうし》でもなく、整を辱《はずかし》める意図もなく、ただそれがしたい、というだけの理由で萩原が口淫《こういん》に没頭《ぼっとう》しているのが分かった。整のためでも、ひょっとすると萩原自身のためでもないのかもしれない。まっすぐでシンプルな、脇目も振らない欲望に翻弄されるまま整は愉悦《ゆえつ》を募《つの》らせた。

「は、ぎわら——っあ、んん……ああ……っ」

舌先が卑猥な水音を立てて膨張を促す。その動きに合わせてまだ飽き足りない下の口へと指が三本、一度に抜き挿しされる。口唇で舐めしゃぶられながら指をしゃぶる。身体の、近接した場所でいちどきに与えられる異質の濃密な快楽は整を爪の先までからめ取り、素肌をすっかり性感帯にしてしまう。背中でこすれるシーツの感触にすら身体の芯が疼いた。

「やっ、あ、萩原、挿れて……っ」

自分の手では届かない場所を思い切りこすって、突いて、苛んでほしい。

「……このまま出さなくていいの？」

いやらしく充血したまろやかな頭部に唇を触れさせたまま萩原が尋ねる。

「あ……、う、後ろで、いきたい……」

「後ろ、そんなに気持ちいい？」

「いい……っ」

「……うん、俺も」

「あぁ――」

両脚を抱えられたら、もう期待に先走りを垂らした。萩原の性器もさっきと変わらない熱に反《そ》り返っていて、挿入だけで性感が満ちあふれ、整は呆気なくいってしまう。

「あっ、や、あぁっ……！」

こんなに気持ちよくなりながらも、達する手前のぎりぎりを行き来してもっとたっぷり味わいたかったのに、と浅ましい後悔がよぎる。萩原は片手を整の顔の横につくと、もう片方の手でヘッドボードに置いていた携帯を取り上げた。素早く何かを入力すると、電源を長押しして切る。

「なに？」

胸をふうふう上下させて尋ねると「メールした」と答えた。

「何て？」

「明日の朝帰る、って」

「それだけ?」

「シンプルイズベスト」

「そっか」

じゃあ俺も、と整も同じ文面を送り、やっぱり電源を切ってしまった。

「……終了」

共犯者の眼差しを交わしたが互いにそれ以上言及しなかった。萩原が今度は、部屋に備えつけられた電話の受話器を上げる。ゆるやかに腰を動かす。

「ん——」

やめろ、と言おうとしたが間に合わなかった。整は自分の両手で口元をしっかり覆《おお》う。

「すいません、宿泊の延長をお願いしたいんですが」

憎たらしいほどぶれのない、よそ行きの声だった。でも下半身は抜かりなく整をかき回し、覚えさせられた快楽で爛熟《らんじゅく》じみてとろけるポイントをいたずらに掠《かす》めてみせる。

「……っ」

「はい、もう一泊——はい、ありがとうございます。部屋の清掃は結構です、外に出ませんので。よろしくお願いします」

焦《じ》れったいほどゆっくりと萩原が受話器を置くと、整は頭の下から枕を引っこ抜いて投げつけた。
「何怒ってんすか」
「変態！」
悠々とそれを受け止め、床に投げて笑う。
「だって、覚えてる時に言っとかないとまじで失念するし。チェックアウトのお時間過ぎてお
りますが……ってかかってきたら困るでしょ」
「だからって――あ、いや……」
「ほらね」
どうでもよくなっちゃうから、と整の膝裏を抱え直した。
「あぁぁっ……！」
胸につくまで折りたたまれた脚の間で交接をあからさまにされ、いっぱいに張り切った肉の
口は激しい前後にひくつく貪欲《どんよく》をさらす。張り出した先端がなかを拡げ、摩擦と共に出て行く
時の快感は壮絶なほどで、整の声は悲鳴に近かった。もっとこすられたいからもっと締めつけ、
そしてその度《たび》に萩原は漲《みなぎ》った。嚙み合う歯車は回転を早くし、全身に血と興奮が駆《か》け巡《めぐ》るのを
感じる。
「ん、あ、やぁ、ああ、っん」
窓の外で、ばらばらっ、と音がした。風に煽《あお》られた雨がガラスを叩いているのだろう。萩原

も気づいたのか、一瞬、閉ざされたカーテンを見やり、それから整を見下ろして動きを止める。鼻先から滴った汗が頬に落ちた。そうか、ここにも雨が降るのか、と整は思う。

萩原が、掠れた声でつぶやいた。

「ふったらどしゃぶり」

「え?」

「ここに来る途中、ラジオで言ってた。……何か、俺たちのことみたいじゃないですか?」

整は答えなかった。黙って萩原の、びっしり汗ばんだ額を拭《ぬぐ》った。萩原もそれ以上何も言わず、手管も作為もないセックスでひたすら整を貪り、整に貪らせた。

何回いって、何回いかせたのか一顥《かずあき》は覚えていない。昼も夜も食事は取らなかった。精根尽き果てたとばかりに気絶同然で寝入ってはどちらからともなく目覚め、また求め合った。蔓《つる》のように手足を絡ませ合い、さまざまな角度、さまざまな体位で交わった。ひょっとすると廊下にまで整の嬌声《きょうせい》が洩れていたかもしれない。

長い間堰《せ》き止められていた欲望が決壊《けっかい》し、一顥の全身を飲み込んでしまった。それとも、整の欲望に溺《おぼ》れているのか。分からない。飽きずに繰り返した性交は貪欲でいやらしかったけれど、どこかに子どもっぽい無邪気さがあった。自分の身体で整がどうなるのか、整の身体で自分がどうなるのか、試して確かめて突き詰めたかった。今まで知らなかった快感が芽吹《めぶ》く箇所を知ると、ラジオ体操の参加シールをひとつもらったような罪のない達成感が込み上げてきた。どろどろに溶け合いながら澄んで冴えていく。

これまで、誰を抱いてもこんな感覚を覚えたことはなかった。長い忍耐の末のセックスだからなのか、相手が整だからか。身体の相性がいいというのはこういう意味か。

かおりに対する罪悪感もなければ、藤澤《ふじさわ》和章に対する優越感もなかった。ただ目の前の整と、やまない雨の音だけが世界のすべてだった。どしゃ降りの雨が地表を満たし、たゆたう水面をまたしずくが打ち、どんどんと溜まって東京が水に没する光景を思い描いた。自分たちのいるフロアの下でそれはようやく止まり、カーテンを開けると湖面のように静かな風景が広がっている。どしゃ降りの果ての静謐《せいひつ》。それを確かめたら自分たちは黙って頷き合い、また抱き合うだろう。閉ざされたストームグラスの内側ではどんな予報が出ているだろうか。あの透き通った嵐の器《うつわ》。

「……今、何時」

ホテルの空調と、喘ぎすぎたせいですっかり声の枯れた整が苦しそうに尋ねる。

「午前四時半」

「そっか」

会社行かなかきゃな、とつぶやいた。そうだ月曜日だ、と一顕も素直に思う。倫理感のネジは数本ぶっ飛んだのに、社会人としての責任感は正常に機能しているらしいのが自分でおかしかった。

「俺ら、サラリーマンすね」

「当たり前じゃん」

会社に行きたくなんてなかった。でもこの行為に歯止めをかけてくれる「社会」というしがらみは、理性や常識なんていう頼りないものよりよっぽど強固でありがたくもあった。一顕も整も、日常という現実に戻らなければならないのだ。

帰らなくちゃ。別々の場所に。

一緒にシャワーを浴び、湯を張った浴槽《よくそう》で向かい合って座った。

「ホテルのバスタブって変に浅くて長いよな。肩とか膝が出るし、身体伸ばすとずるって滑りそうになる」

「外国人仕様なんすかね」

湯気の水分で整の声はいくぶんか潤《うるお》ってきた。

「喉飴《のどあめ》、買ったほうがいいすよ」

「え？」

「声、ずいぶん掠《かす》れてるから」

「ああ……萩原、現金持ってる？」

「一万円ぐらい」

「俺も。合わせても足りないな」

「カードで払いますよ」

「だから、どっちかがカードで精算することにして、現金持ってるほうが半額この場で払ったら面倒がないなって」

「ATM寄りましょう」

「うん」

整はちいさく答えて目を伏せる。長いまつげがつやつや濡れていた。味気ない段取りの話をしたからすこし気が塞いだのだと分かった。この人も帰りたくないんだ、そうは言っても今度こそ絶対にここを出るのだけれど、短い旅を惜しむような気持ちで。夜、帰宅してベッドで眠る時に旅先の宿の天井を思い出して淡い寂しさを覚える時みたいに。

離れたくない。いずれ薄れる感傷だろうか？　どんなに大きな水たまりも、陽の光に蒸発して跡形もなくなってしまうのと同じで。

「半井さん」

一顕は整の手を引っ張り、膝立ちで身体をまたがせた。それだけでもう、意図は伝わっただろう。でも口にした。

「……きて」

水滴の浮かぶなめらかな肌に手のひらで触れると、くたくたになるまで酷使《こくし》したはずの性器が硬くなる。指で整の背後をたぐると独自のリズムで収縮して、もっとねだってみせるから片手で腰を支えて欲しがっているものの先端へと誘導してやる。

「あぁ……」

粘膜に触れた瞬間、整の声は一息に結露《けつろ》したようにびっしりと悦びを帯び、煽られた一顋の下肢はますます昂ぶった。早く根元まで収めてしまいたいと思うのに、整はバスタブの手すりに摑まって抗《あらが》う素振りを見せる。

「どしたの」

「湯、入ってくる感じが何か……」

気持ち悪い、怖い、そんなところだろう。でもその不安が決して拒絶に結びつかないのを一顋は確信している。

「したくない？」

背骨の走る溝《みぞ》に指先を遊ばせてやれば悩ましい吐息と共に上体をしなやかに反らしかぶりを振った。男の身体にもこんなに美しい曲線が潜《ひそ》んでいるのだと知る。

「大丈夫だよ、ゆっくりしよう」

そんな保証など、経験のない一顋にできるはずがない。でも整はその言葉を信じるのだ。つないだ身体を担保《たんぽ》にまた身体を委《ゆだ》ねる。糸を縒《よ》るように繰り返した先には何があるだろうか。

……これっきりだから、分からない。

「んっ……」

じりじりと交わっていく。湯のせいで、整のなかはすこしきしむ感じがしたが、奥から、洗い流しても流しきれなかった一顕の精液がとろりと伝ってきて侵入を容易にした。本当に、呆れるほど出したから。

「あ、んん……っ！」

整が腰を落としきるとぴったりと抱きしめ、ゆるやかに結合部を揺する。浮力の助けで激しい動きも可能だったけれど、摩擦の刺激よりもじわりと締め上げられる感触を性器全体でたっぷり感じたかった。目の前にある乳首を舐め、舌の表面を押しつけ転がすと、整の快感は粘膜がきゅうっと引きつれることで伝わってくる。それはもちろん一顕の快感にもなり、ふたつの肉体の繋がりを強く意識する。

いつか年老い、こういう機能も衰《おとろ》えていくだろうけれど、一顕はたかがセックスとか、セックスのことくらいで、とは、一生思わないだろう。それをいやらしいとか下品だとか蔑《さげす》む人間を、憐れむ。あんたたちは知らないからだ、こんな夜を過ごさなかったからだ、と。

「あぁ、あ、あ……萩原」

違和感に慣れたのか、整も整の動き方で一顕を欲しがった。タイミングがずれるもどかしさもむしろ情欲の追い風で、かちりと互いのポイントがはまった瞬間には快楽よりも幸福感でくらくらした。ぱしゃぱしゃ波打つ狭い海、肩や頬に飛ぶしずく、立ち込める湯気、整の上気した顔。貪りたくて与えたくて、両方の衝動を同時に満たしてくれる行為はこの世にこれ以外存在しない。

「ん、あ、や、いく……っ」

「いいよ……好きなように動いて」

一顕の肩を支えにして整はたどたどしい上下を繰り返す。それと呼応《こおう》して身体のなかは引っきりなしに包み込んだ異物を収縮で愛撫した。

「あっ、あ、ああ……!!」

嗚咽《おえつ》に近い喘ぎを狭い密室に反響させて整が達すると、絶頂のけいれんがもたらす切羽詰《せっぱつ》まったうごめきで一顕もすぐに吐き出した。そのまましばらく、ぴったりくっついて互いの荒い呼吸を受け止め合った。汗だか水だか分からないものがこめかみを流れ落ちていく。

前触れなく鎖骨の窪《くぼ》みに舌を突っ込まれて「わ」と声を上げると整は息も整わないまま笑った。あんまり屈託《くったく》がなくて、一顕はむしょうに悲しくなった。これっきりのことだから見せてくれる笑顔だった。

「感じてんの?」

「びっくりしただけ」

「意地っ張り」

膝を立てて、なかを犯していたものから離れていく。

「せっかく湯溜めたのに、またシャワー浴びなきゃじゃん」

本気じゃない口調でこぼすから、一顕もいい加減に「すいません」と謝ると「反省の色がない」と耳を引っ張られた。

「痛いよ」

「大げさ」

「いや結構まじで」

「あ、そう？　ごめんごめん」

「反省の色がない」

「はは」

唇が、落ちてきた。あ、キス、と思ってごく自然に目を閉じた。湿度の高い場所にこもっていたからふやけてふわふわと頼りないキスだった。この後また深い接触に及ぶかというとそうではなく、キスのためのキス、キスで終わるキスだった。

唇がわずかに離れた瞬間、目の下がぽつっと濡れたのを感じ、整の髪から滴った水かと思って目を開けると整が泣いていた。だからそれは整の降らせた雨だった。

「半井さん」

「どうすんの」

整は言った。

「どうすんの、俺たち、こんなになっちゃって、どうすんの……」

一顕は答えを持っていなかったし、整もきっと求めていなかった。だってどうしようもない。こんな耽溺《たんでき》が待っていると知っていたら、誘ったりしなかったかもしれない。でももう手遅れだ。降った雨をなかったことにはできない。地面が乾いて見えなくなっても地下深くまで浸透し、思ってもみなかったところから知らない種が芽を出すことだってある。

「俺たち、バカだよ」

その言葉には心から「うん、そう思う」と返事をした。きれいなほうのベッドで、ほんの三十分足らず一緒に眠った。


ホテルを出る時も相変わらずの雨で、「やりすぎると太陽が黄色く見える」という俗説《ぞくせつ》を検証できなかった。一顕と別れ、苦しいとか寂しいよりどこかほっとした気持ちになった。二晩が濃すぎて、だるい足腰以上に神経が疲弊《ひへい》している。それでもやっぱり腹減ったな、と思った。ほぼ丸一日、部屋に用意されたミネラルウォーターぐらいしか口にしていない。しかし今は家に帰るのを最優先にして、コンビニにさっと立ち寄るだけにした。喉飴を買った。さほど調子が気になるわけじゃないけど、「買ったほうがいいすね」と一顕が言ったから。他愛《たわい》のない言葉を、大事な約束みたいに抱え込んでいる自分をおかしく思った。

口の中でかろかろ飴を転がしながら、緊張はしている。二人で暮らし始めてから、こんなに家を空けたことはなかった。でも別に責められも問い質《ただ》されもしないだろうし（整がそうしてほしくても）、萩原は大丈夫なのかな、と考えれば自分の気まずさぐらい大した話でもない。整と和章は恋人じゃないのだから。

「ただいま」

「おかえり」

ほら。何もなかったかのように和章は出迎えてくれる。ドームの天井に描かれた絵みたいに変わらない空模様。これは晴れなのか雨なのか曇《くも》りなのか。

「トラブル、片づいたのか」

「うん」

「大変だったみたいだな、隈《くま》ができてる。きょう、会社は？」

「これから行く」

「休めないのか」

「無理」

「そうか。何か食べるか」

「うん」

奥歯で飴を、思い切り噛み砕く。ばり、という音が身体の中から耳に響いた。

携帯の電源を入れると、メールが五件。業務連絡二件、友達からの誘いと、よく行く服屋のセールのお知らせ。

それから、かおりのメッセージ。

『そっか。ひとりだとつまんないから私も実家泊まってくるね。月曜日はそのまま出勤します』

彼女は普段から絵文字顔文字のたぐいを使わないので、このそっけなさが怒りや不機嫌のためとは断定できない。いったいどういう心境で打ったものか想像もつかなかった。一顕に対抗して外泊したのか、文面以上の含みはないのか。すごい、一緒に暮らしてるのに全然分からん。

実家で、母親に愚痴《ぐち》る姿を想像してみる。一顕、いきなり出てって二日も帰って来ないんだよ、ひどくない？　すると母親は心当たりを問うだろう、その時「セックス断ったら怒っちゃって」とか正直に申告するのだろうか。一顕は親に性的な悩みを打ち明ける日は死んでもこないと思っているが、女と女親ならぶっちゃけられるのか？　そしてその場合、かおりの母親はどのような裁定を下すのか。謎だ。

ともあれ、顔を合わせずにすむのは正直ほっとした。家に帰るとストームグラスは最後に見た時と同じ形状をしていて、そこだけ時間が止まっているようだった。整と寝る前、家を飛び出す前で。

着替えて、メールを送った。

『大丈夫?』

すぐに返信があった。

『何が』

一顕よりさらに短い。

『いや、身体とか、諸々』

『散々やりまくった後で心配してんじゃねーよ。そっちは?』

『帰ったら彼女いなかった。実家帰ってる。でも普段からよく泊まりに行ってるし、単純に暇つぶしかも』

『のんきなこと言ってないで迎えに行けば』

『そんなの、後ろめたいことしましたって白状してるのと同じだ。大丈夫、半井さんは気にしないで』

送ってから、バカ正直に説明する必要はなかった、と後悔した。普段通り、とでも返せばよかったのだ。睡眠が細切れで、すこしぼんやりしているのかもしれない。長い一日になりそうだった。

夜の会議の後、量販店の担当者を招いた会食があり、タクシーをお見送りしたら十一時過ぎだった。直帰するつもりだったが、作成途中の報告書があったのを思い出してしぶしぶ会社に向かう。情報管理に厳しいご時世、業務の持ち帰りにはかなりうるさくなっている。時間外の出入り口からオフィスビルに入り、がらんとしたホールでエレベーターを待っていると、携帯がふるえた。かおりかと思ったが、整だった。

「もしもし?」

『萩原?』

「はい」

『……助けてほしいんだけど』

「え?」

トラブル? 「和章」と? 俺のせいか? 一顕は見えない相手に詰め寄るように背中を丸めて「どうした」と勢い込んで尋ねた。

「何かあった? 今どこ? すぐ行くから」

『……いや……』

その語調にたじろいだ気配を窺わせて整は「会社」と答えた。

「人騒がせな……」

「お前が早とちりしただけだろ」

早く開けろ、と整はガラス扉を手のひらで叩いた。

ＳＯＳの内容はこうだった。残業中、フロア内のリフレッシュスペースへ缶コーヒーを買い求めに行ったはいいが、うっかりＩＤカードを机の上に置き忘れてきた。オフィスから廊下、廊下からリフレッシュスペース、要するに「出て行く」時にはカードをかざさずとも通れる。しかし逆順に帰ろうとすればセキュリティチェックが必要で、結果整は、深夜の自販機エリアに閉じ込められてしまったというわけだ。

「たまたま俺がいたからいいようなものの、気をつけて下さいよ」

「待ってりゃそのうち警備の人間が通るし、萩原がまだ残ってたらラッキーぐらいの気持ちだったんだって」

「じゃあ帰ろうかな」

「待て待て、好きなコーヒー買ってやるから」

「やっすい救助代……」

ため息をつくと、すぐ目の前のガラスが半透明に曇る。その向こうでかすむ整を見た瞬間、心臓が激しく鳴り出した。今の今まで意識しないようにしていたのに、あの夜の、一顧しか知らない整の姿が脳裏《のうり》にはっきりよみがえってくる。

「……萩原？」

ガラスに手のひらをつける。額《ひたい》をつける。でもそのつめたさはすこしも一顕の頭を冷やしてくれなかった。もう抱けないなんていやだと思った。もう一度この身体を好きにしたいと思った。

「コーヒーはいらない。……半井さんが欲しい」

「バカ言うな」

「分かってる」

浮気、二股、どちらも一顕にとってありえないはずの行いだった。もちろん、同性とセックスすることも。

「萩原。約束しただろ、何も壊さないって」

「したよ、それも分かってる、頭じゃちゃんと分かってるんだ。でもあんたの顔見ちゃうと駄目だ」

割り切った合意の下《もと》で交わったはずなのに、自分だけこんなふうに執着してみっともないと自覚しても止められなかった。整の冷静さが悔しく、悲しかった。あんなにもひとつだったのに、もう同じ気持ちじゃない。

「落ち着けって」

「半井さんは落ち着いてる？　すこしも俺の気持ち分かんない？　俺ばっかり、こんなこと考えてる？　秘密さえ作ったらもう満足で、用ずみで――」

整は唇を噛んで顔をそむけた。その苦しそうな表情にはっとして、一顕は「ごめん……」とつぶやいた。離れたくない、と思う心ごと引っぺがすように扉から後ずさった。

「保安に連絡しとくから」

自分の手で扉を開けたら、きっと我慢できずに抱きしめてしまう。その先を求めてしまう。背を向けて歩き出すと、がん、と扉が派手な音を立てた。整が殴ったか蹴《け》ったか。振り向いて確かめたかったけれど、歯を食いしばってその場を離れた。

マンションの下から部屋を確認すると、灯《あか》りがついていた。かおりが待っている。安堵でもその逆でもなく、うまくやらなきゃ、と心の中で繰り返す。だってあの人が、「うまくやっていくために」って言ったから――違うだろ、俺が、かおりとうまくやっていきたいんだ。頭がずきずきする。今もぐずぐず雨が降り続いているのに、炎天下に一日さらされて脳みそがぶよぶよ腫《は》れたような痛みだった。誰のことも考えず、夢も見ずにぐっすり眠りたかった。俺からキスしたかった、なんて後悔は忘れたかった。

「おかえりなさい」

いつものかおりだった、と思う。このコンディションだから自信はないけれど、とにかく一顕も言い慣れた「ただいま」を口にした。

「遅かったんだね、お風呂沸いてるよ」

「ありがと、入ってくる」

湯船で何度も沈没しそうになりながら風呂をすませ、脱衣所に出ると洗面台に置いたはずの携帯が見当たらない。思い違いかな、と深く考えずに部屋着を着てスーツのポケットやかばんを確かめたが、やっぱりない。会社？　いや、電車の中でメールチェックしたし……。

「かおり、俺の携帯――」

リビングには誰もいなかった。そこでやっと携帯のありか――最悪の――に思い至り、玄関に駆け寄った。帰宅時には揃えられていた、かおりのレインパンプスが消えている。

「まじかよ……」

頭を抱えてしゃがみ込んだ。入浴中、かおりは脱衣所に入ってきたっけ。うとうとしていて気づかなかった。ロックをかけていない携帯には、整との一連のやり取りが残されている。見たのか？　それでどこ行った？　いや待て、ちょっとコンビニに出かけただけかもしれない。携帯は家のどこかにあるのかも。

落ち着け落ち着け、と自分に言い聞かせながら立ち上がり、リビングに戻る。とりあえず水を飲もうとして、一顕は今度こそ決定的なものに気づいてしまった。キッチンのシンクで粉々に割られたストームグラス。今まで携帯を見ない女だったから、これからも当たり前にそうなのだとかけらも警戒しなかった自分のうかつさを呪った。

しかし今、あれこれ考えている暇はない。幸い、パソコンにもアドレス帳を同期させているので整の電話番号を書き取り、最寄り駅まで走って公衆電話に飛びつく。十円も百円もごちゃ混ぜに投入すると、出てくれますようにと祈りながらもどかしくボタンをプッシュした。

三コールで、ぷつ、と回線の繋がる音がした。

「半井さん、萩原です」

グレーの公衆電話を抱えるように背を丸めて一顕はしゃべった。

「ごめん、かおりにばれた。携帯見られた、つか持ってかれた。だから、俺の携帯から着信なりメールなりあっても無視して――」

そこで通話は切られた。かけ直しても「電波の届かないところにいるか――」のメッセージが流れるだけだった。

曲がりなりにも五年も働いていて、非常事態に頼る相手がほかにいないっていうのは、どうなんだろう。一顕《かずあき》がいなくなってから扉に背中を預けて座り込み、整《せい》は思った。だってもう夜中だよ。そんな気軽にヘルプコール出せる心当たりなんか誰だって少ないに決まってる。だからあいつに連絡を取ったのは仕方なかった——誰に聞かせるでもない自己弁護の間に、缶コーヒーはすっかりぬるくなってもう飲む気になれない。

セックスして情が移る、何て陳腐《ちんぷ》でお粗末《そまつ》。でもそれが正直な現状でさっきはどうにか踏みとどまれたけど、今度また何かのきっかけでふたりきりになったら、たがを吹っ飛ばさない自信は皆無だった。

肉欲に目が眩《くら》んで、って、下衆《げす》な話だと思う。もう一度やりたいからもう一度会いたい。それは卑《いや》しい、浅ましい、汚い願い。

「どうした」と尋ねた一顕も、汚いのだろうか。

あれほど真剣に心配されるなんて思わなかったのだ。犯罪にでも巻き込まれたかのような切迫した声で「すぐ行く」なんて。だから整も、何も考えずに言ってしまいそうだった。うん、すぐ来て、と。ふたりで行くところなんてどこにもなくても。

十回とか百回やったら、こんな気持ちは消えてしまうのだろうか。だから本当でも大切でもなくて、やらずに会いたかったらそれはきれいな気持ちで——心って、そんなに偉いかよ。

丸まった背中に足音が近づいてくる。それは一顕じゃなくて、一顕の呼んだ保安の人間だと分かっている。

帰宅後も和章《かずあき》はいつもと変わりなかった。コーヒーを飲みながらいつもどおりの口調で言った。

「引っ越そうと思うんだ」

「え?」

「都会は便利だけど騒がしいし、マンション暮らしももう飽きてきたから」

「次の場所、決めてるのか?」

「鎌倉《かまくら》」

前々からそっちの不動産屋にあたってもらっていて、築浅《ちくあさ》のいい一軒家が見つかった、という。前々から、っていつだよ。整はやや呆気《あっけ》に取られた。そんな大事なこと、ひとりで考えてたなんて。そのかすかな反発を見透かしたように和章は「無理にとは言わない」と付け加えた。

「整がいやなら、別に白紙に戻したっていいんだ」

それって譲歩じゃないよな、歩み寄りでもないよな、そう思う。でも口にしようとするとその勢いはしぼんだ。もしこれが一顕相手なら。一顕から唐突に何事か重大な提案をされたら整はまず反発するだろう。は? お前何言ってんの急に、と——いや違うだろ、こんな時に萩原と比べてどうすんだ。

「いやっていうか……急に言われても。鎌倉だと通勤時間もかなり変わってくるし」

「別に辞めたっていいんじゃないのか」

「え？」

「辞めても整は困らない、俺も困らない、整の会社だってそうだろう？　あんな大企業なんだから、ちゃんと時期を見て引き継ぎさえすれば」

確かに和章の言うとおりだ。親の保険金などで整にはまとまった資産があり、自分なりにはまじめに仕事をしてきたものの、和章と違って誰が代わりを務めたって不都合は生じず、となればむしろ、どうして今まであくせく働いていたんだろう？　という疑問さえ湧いてくる。和章とふたりで暮らす。今までよりずっと密に。

一軒家には雨の音も届くだろう、だからもうイヤホンで耳を塞《ふさ》いで電子の雨音に耳を澄ませる必要もない。

整は立ち上がった。

「……とりあえず。風呂、入って、考えてもいい？」

「うん」

和章は、整が断ってもいいと考えているようでも、断るはずがないと考えているようでもあった。土曜の深夜から続く長い長い一日の疲労にとどめをさされた気分だ。湯船でぐったりしながら、会社辞めて引っ越せば何もかも振り出しかな、と思う。一顕もかおりも平岩《ひらいわ》も整の生活からいなくなり、あのメールが届く以前の静けさを取り戻す。

でもそんなのは表面だけの話だ。なかったことにはできない。ただでさえ薄氷《はくひょう》のように危うい暮らしに、秘密という荷重《かじゅう》をかけたらぱりぱりひびが入って何もかもが悪いかたちで終わってしまう。そんな気がした。

どうしよう、って誰かに訊けたらいいのに。萩原が萩原じゃなかったら萩原にメールするのに……ってややこしいな。もうメールもできないだろうけれど、一顕は「やめたほうがいい」と言うような気がした。転職ならまだしも、会社辞めっぱなしっていうのはなしですよ、そんな提案する人間もあれですよ——液晶に浮かぶそっけない活字じゃなく、一顕の声で、一顕がしそうな表情を伴《ともな》って再生された。都合のいい想像かもしれない、でも思わず膝に顔を埋《うず》めてしまうくらいには胸が痛んだ。まだ二十四時間も経っていない。飽きるほどしても飽き足らなかったセックスと一度だけのキス。

駄目だ。大切なのは和章とのこれからなのに、もう終わった一顕についてばかり考える。整はそれを、まだ性交の余韻から冷めていないせいだと思うことにした。

風呂から上がると、リビングは真っ暗だった。寝室に行ってもやはり照明は落とされていて、人感センサーのついた廊下のライトだけが整に反応して点灯し、扉の隙間からベッドに腰掛けた和章の姿をぼんやり浮かび上がらせる。

「和章？」

「電話が鳴った」

和章は言った。

「から、取った」

そこで初めて、和章の手に、自分の携帯が握られているのに気づいた。

「萩原って、誰なんだ」

静かな声だった。

「ばれたとか、ごめんとか、俺の分からない話ばかりしてた」

ふしぎと、動揺はなかった。あいつばれたのか、バカだなあ、とこの期《ご》に及んでも一顧のことを考えていた。慌てて電話してきたからには、自白したってわけじゃなさそうだ。携帯でも見られたか。「携帯見ない彼女」なんて信じ込んで、ロックもしてなかったんだろ。でもうかつなメール送った俺が悪いな。

「整」

薄暗い沈黙に、和章が投げかける。

「同僚」

整は短く答えた。

「ただの同僚じゃないだろう」

「もう、ただの同僚に戻った」

「整」

「電話取ったってことは、メールも見たんだろ?」

どうしてきょうに限ってそんなことをしたのかは分からない。見ないはずのかおりが携帯をチェックしたのなら、同様に、和章の中にも何かしらの予感があったのかもしれない。もろい氷に亀裂の走る音。

「そこにあるので全部だよ。誤送信がきっかけでメールするようになって、会うようになって――……セックスした」

「信じられない」

「俺もだけど、でもほんとだよ。夜中に家飛び出して、和章に嘘ついて、ホテル泊まった。誘ったのは向こうだけど、俺は全然いやじゃなかった。むしろ嬉しかった」

肺ごとふるわせたような息を、和章が吐いたのが分かった。昼間ならこんな台詞《セリフ》は言えなかったかもしれない。

「サルみたいにやりまくってました」

あれ、何で敬語。自分でちょっとおかしくなって「サルのセックスなんか見たことないけどさ」といらないことまで言った。微動だにしない和章のシルエットに向かって手のひらを突き出す。

「携帯。返して」

「……返したらどうするんだ」

「萩原にメールしないと」

「何て」

「分かんないけど」

「放っておけばいい」

「無理」

「どうして」

「心配だから」

「ただの同僚だろ？」

「向こうもきっと心配してるから」

「両思いみたいな言い方だ」

「両思いって単語、懐かしいね」

「したいのは、メールだけなのか」

「何でそんなこと訊くの」

「いいから答えろ」

「……会いたい」

風が、ひゅっと顔の横を通り過ぎて行った。寝室の引き戸にぶつかったそれが床に落ちると、がこん、とさらに大きな音がした。

携帯を投げつけられた。でも振り向くより早く差し出したままの手首を引っ張られ、巻き込まれるようにしてベッドに押し倒された。

「和章」

「何でだ」

手首を縫《ぬ》い止める手がぶるぶるふるえていて、整は怖くなる。でもここで謝るのは違うと思った。

「どうしてそんなこと言うんだ」

「和章、離して」

そう言うと拘束はなくなり、ほっとしたのも束《つか》の間で、宙に浮いた手は次の瞬間、整のパジャマの上着を力ずくで左右に開かせた。ちぎれたボタンのいくつかは床の上でかつんと跳ねる。

「和章」

「セックスしたって、そんな簡単に、しかも男と」

「簡単じゃない！」

繊細《せんさい》な仕事をする手が、血管を浮き上がらせて服の生地を握り締めている。困惑、悲しみ、あるいは静かな軽べつ。そういう反応なら予想していたが、逆上されるとは想定外で、どう事を収めたらいいのか分からなかった。

「簡単じゃないよ、そう見えてたとしても、俺も萩原も――」

「お前とそいつを一緒に語るな‼」

和章から怒鳴られたのなんて初めてで、整は抵抗も反論もできずに呆然とする。

——ごめん、大きな声出したりして。びっくりしたよな。

すぐ元の和章に戻って、そんなふうに労《いた》わってくれるかもしれないという期待を、あらわになった素肌に触れる手が裏切った。

「……嘘だろ？　和章」

「何が」

ひた、と這わされる長い指。今の今まで、和章にはその手の欲求が希薄なのだと信じていた。でもこの触れ方には、欲望も、欲望の処し方もちゃんと知っている「男」の気配が濃く漂っている。一顕としたから、整にはそれがとてもよく分かった。

「だって、和章が、こんな」

「こうしてほしかったんだろう？」

和章が言う。整が、いやらしい妄想の中で再生するような台詞。声も口調も想像と同じなのに、何かが決定的に違っていた。変わったのは、和章か、自分か。

手のひらが胸全体を撫で上げて、下りていく時には指先がすっと乳首をこすった。ん、と息を詰める。

「こんなふうに」

「違う」

「何が？　どうして？」

「和章、やめよう、こんなのおかしい」

「他の男として、それでもう気がすんだのか？　本当は、セックスさえできれば誰でもよかったのか？」

いつもと同じ、肌触りのいい布みたいにやわらかな声が、何重もの疑問符で整に巻きつき、窒息させようとしている気がした。だってこんなに、しゃべるのさえ息苦しい。

「誰でもよかったのかもしれない。でも今の俺は、和章とだけはしたくない」

「そうか。なら仕方がないな」

和章は整を見下ろしてうっすら笑った。怒り？　諦め？　失望？　どれでもあるような、ないような捉《とら》えどころのない、淡い微笑だった。分かったのは、何をどう話しても、おそらく今の和章には伝わらないだろうということだけ。

「……どいて」

シーツに片肘《かたひじ》をつき、身をよじって逃れようとした。けれど肩甲骨《けんこうこつ》を強く押さえ込まれ、整はうつぶせの姿勢を取らされてしまう。

「和章」

「大人しくしていてくれ。できれば、縛ったりとかはしたくないんだ」

例えば仕事をしていて「できれば納期に影響させたくない」と話す時と何も変わらない声音に背すじがつめたくなった。「仕方がない」は、整の意思に沿わなくても遂行する、という意味なのだと理解する。

「ん……」

前に回った手が、胸の突起を探り当てて摘《つま》む。整はぎゅっと目を閉じて枕に頬を押しつけた。抗《あらが》えば和章は「したくない」まねをするのだろう。縛られるのがいやだというより、和章にそんなことをさせたくなかった。

下の着衣も膝までずらされ、ゆるやかではあるが確かな手つきで脚の間を扱《しご》かれる。気持ちはすっかり竦《すく》んでいたのに、執拗ですらある丁寧さに性器はすこしずつかたちを変えていった。

「あ――」

一旦火が点《つ》くと、後は加速度的にどんどん高まってしまう。だって身体はもう、他人に愛撫されてとろけることを覚えてしまったから。萩原じゃないのに、と思う。でも、そもそも欲しかったのはこの手で、この身体で、だけど。

「やっ……や、あぁ……」

快感に味をしめた昂《たか》ぶりが出したがって先端を濡らす。和章はそれを掬《すく》い取ると、整の後ろに塗り込めた。

「ん……やだ……!」

情けないほど易々《やすやす》と指一本を飲み込み、性器も和章の手の中にあるから、連動してたまらなくなる箇所《かしょ》もすぐに知られた。深々と挿《さ》し込んだ指でなかを拡《ひろ》げながら、前では、過敏な裏側の継ぎ目をこすり立てる。

「あっ、あ――ああ……っ！」

和章の掌に射精すると、下半身全体が砕けて力なくシーツと同化してしまいそうになった。けれど和章はそれを許さず、しっかりと腰を掲《かか》げさせた。ベルトをゆるめる音がする。

「いやだ、和章、それはいやだ」

指先までくったりしてゆるゆると頭を打ち振る力しか残っていない。

「どうして？　メールだけの男には許したのに？」

「だって、もう、戻れなくなる……」

「戻る？」

和章の声に、初めて苦い自棄《じき》の響きが混じった。顔を向けようとしたが、背後から侵入される感覚に翻弄されて身体が思うとおりに動かない。

「や！　ああ、あぁ……っ！」

「……どこに戻れるっていうんだ」

「あ、あっ……」

熱い質量に突き上げられ、頭の中までかき回されるみたいで、意味のある思考ができなくなった。こんな望まないかたちのセックスで、否応《いやおう》なしに感じている自分自身への怒りすらほどけていく。四つん這いのまま切れ切れに喘《あえ》ぐ整の背中に和章がぴったりと覆《おお》いかぶさってきて、首すじをきつく吸い上げた。

「いっ——や、あ、んん……っ」

神経をピンポイントで苛《さいな》む痛みにさえ、内壁は貪欲《どんよく》にひくついてみせた。整、と下肢《かし》を揺すりながら和章は名前を呼んだ。何度も。でも途中からは残響が耳の中を巡っていただけかもしれない。意識に紗《しゃ》がかかり、身体が浮かんでいるように上下左右の感覚さえ怪しくなってくる。そのぶん、性感のもたらす熱はどこまでも生々しく神経をふるわせた。

「——っ……」

「あ、ああ……っ！」

前後の動きがぴたりと途絶え、自身の射精とほぼ同時に体内へ吐き出された興奮を受け止めた時、整はただ、何も考えずに眠りたい、ということだけを考えていた。

夜明け前に目を覚ました。携帯は枕元にあり、液晶に蜘蛛《くも》の巣みたいな亀裂《きれつ》が走っていた。電源を入れようとしたが、うんともすんとも言わない。完全にいかれてしまったようだった。整は後ろの蓋《ふた》を開けてＳＩＭカードとマイクロＳＤを取り出すと両方とも真っ二つに割った。

携帯の落下地点と思《おぼ》しき場所の床はちいさく抉《えぐ》れていて、足の指でしばらくなぞってから風呂場に向かう。右の人差し指、ひびを埋めた樹脂《じゅし》が端から白く剝《は》がれかけていた。

シャワーを浴びてリビングに行くと、和章は膝の上で指を組み合わせてソファに座っていた。きっとあの後、何時間もこの姿勢でまんじりともしなかったに違いない。そう思うと足下に伏して詫《わ》びたくなった。もう二度と和章を悲しませるようなまねはしないから、前みたいに一緒に暮らそう、と。

そうできたらどんなにいいだろう。でも失われた時間が戻らないのを、整は誰よりよく知っている。

もう戻れないのなら、せめて何か、新しい扉を開けなければ。

行かなくちゃ。

「和章。おはよう」

声を掛けると和章はびくっと肩をふるわせ、それから両手で顔を覆った。

「ごめん。ごめん、整……」

乾き切った布をぎゅうぎゅうねじって水滴を絞り出したような声。自分が出させた。胸が痛い。今でも好きだ、心から言える、でも心のどこかで分かってもいる。もう和章の傍《そば》にはいられないのだ。ずっと一緒にいようとかずっと一緒にいたいとか、「ずっと」の魔法がいつか切れると知っているから言うのだ。誰だって。永遠は、一瞬きりの約束の中にしか存在しない。

「和章」

整は和章の前に膝をつき、見上げる。

「俺に何か、言うことがある？」

指の間から弱々しい目で整を見て、和章は頷いた。

「ずっとお前が好きだった。子どもの頃からずっと……特別な意味で」

「だったら……」

どうして拒《こば》まれ続けたのだろう、と言葉にはせずに和章を待った。

「でも整にとって、俺はずっと仲のいい友達でしかなかっただろ？　言って気まずくなるよりは、今以上を望まず、ただ傍にいられればいいって思ってた。でも、整が内定をもらって、大学生でいられる時間もそんなに残されていないと思ったら、怖くなった。『今』さえそのうち俺から取り上げられるんだって焦った。どうやったら整の近くにいられるんだろう、この望みが叶うんなら何でもするのにと思った。そして、あの日——……」

和章の手が、胸のあたりで迷子になってさまよったから、整は迷わず引き寄せて握った。

「街を歩いていて、おじさんたちの車を見かけた。後ろから手を振ったら、気づいて路肩に寄せて止まってくれた。整の、就職祝いを買いに行ってきたんだって嬉しそうだった。もう社会人だなあっておじさんが言って、あっという間に結婚して私たちもおじいちゃんおばあちゃんになったりしてね、っておばさんが言って……ふたりとも笑ってた。そうかもしれないですね、って、俺もどうにか笑った。和章くん、これからも整をよろしくねって、別れて――」

　見えない手に喉を締め上げられたみたいに、不規則で苦しげな呼吸を繰り返す。

「信号が変わったんだ。俺としゃべってる間に。だから……だから、あの時俺が引き止めなきゃ、ふたりとも事故には遭わなかった。用事もないのに俺が、何も考えずに手を振ったから。何でもするって、絶対にそんな意味じゃなかったはずなのに……」

「そんな」

　そんなわけない？　そんなの気にするな？　どう言えばいいのか、どんな言葉をかけたいのか整にも分からなかった。だからそこにいない一顕に問う。

　なあ、お前だったらこんな時、何て言ってやる？

「いっぺんに親を亡くして、見ていられないほど打ちのめされてるお前に、俺が原因だなんて言えないと思った。それが整のためなんだって言い訳して……さも優しげな顔してお前の傍にいて、お前の世話をして。いちばんぞっとしたのは、俺がそれを心のどこかで幸せだと思ってたことだ。整の家族を奪っておきながら、友達まで遠ざけて、整が俺に依存するのに安堵してた」

　和章を、好きだと思った朝を覚えている。よく晴れていて、その晴天が喜ばしかった。あ、いい天気だな、嬉しい、と。どこに行く予定もなく、でもただ空が青く、白い雲がぽつぽつ浮かぶのどかな朝が好ましかった。とても久しぶりの感情で、自分がすこしずつ癒《い》え始めているのを自覚した時でもあった。

するとと和章がやってきて「おはよう」とドアを開けた。笑顔が空いっぱいに溶け、それがまた吸った息から整の細胞をひとつひとつ満たしていくような気がした。その瞬間の幸せな感情を表せるのは「好きだよ」という言葉以外になかった。

和章は数秒固まってから「俺も好きだよ」と明らかにニュアンスの違う「好き」を返し、そこから整の、長い片思いが始まった——はずだった。

「整が、俺を好きだと言ってくれて……嬉しかったよ、嬉しくないわけがない。でもそれは、おじさんたちの死の上に芽生えた気持ちだ。本来、あっちゃいけなかった」

「違う」

と整ははっきり言った。

「……順序だけ捉えればそうかもしれない、ああいうことがなかったら気づかなかったかもしれない、でも俺は、俺だってずっと」

「整」

和章は哀しそうにかぶりを振った。

「それは分からないよ。おじさんたちが生きている世界を試せないんだから、誰にも分からない」

「だから要は、和章が納得するかどうかだろ」

「無理だ。……思い出すんだ。最後に、整をよろしくねって言ってた時の、おじさんたちの顔……よろしくってそんな意味じゃなかっただろう、あの人たちは、整が社会に出て、誰かと結婚して子どもをつくる未来を誰より願ってた。それを見届けられるって信じてた。お前に求められて、何もかもなかったことにして抱いてしまおうと何度思い詰めたか分からない。でもそのたび、あの血に染まったプレゼントの箱が浮かんできて、心が凍った」

「バカ」

と整は詰《なじ》った。思いきり投げつけた言葉は自分にも返ってきて、ぼろぼろと涙がこぼれた。

「黙ってりゃいいのに。黙って、俺と恋人同士になって、一緒に幸せに暮らしてればよかったのに。鎌倉でもどこでも。俺はそれでよかったのに」

「ごめん」

「そんな言葉が、聞きたいんじゃない……」

すべて許す、だからもう和章も罪の意識は捨てて、ゼロからやり直そう。何度も喉から出かかった。でも、耳によみがえるのはゆうべ和章が言った「どこに戻れるっていうんだ」という問いであり、携帯に挿したイヤホンから流れる雨の音であり、「どうすんの」と一顕に尋ねた自分自身の声だった。相反する思いが、身体を左右に引き裂くような痛みをもたらした。一緒にいたい、一緒にいられない、いたい、いられない――。

まぶたからあふれ出した涙が、和章の足に落ちた。人差し指の爪にちいさく盛り上がった水い滴を指で拭《ぬぐ》う。その時、自分の、塞《ふさ》いでもらった爪を思う。あんなにきれいに守ってくれていたものが、時間とともにぽろぽろ剝がれ落ちようとしている。爪が伸びれば亀裂は消えるけれど、整と和章の時間は停まっていて、新しく育つ余地がない。

整が何百回「もういい」と繰り返しても、和章から罪悪感を取り去ることはできないだろう。そして整も、一生苦しみ続けてでも自分を愛してくれ、と和章に突きつけることは怖くてかわいそうでできない。

「バカ、お前がもっとずるくてひどいやつならよかった」

「十分ずるいし、ひどい」

「違う……」

整の代わりに貯金箱を作ってくれた和章、戸籍謄本《こせきとうほん》を見に行こうと言ってくれた和章。

「和章、俺のこと好き?」

「うん。整が大好きだ」

初めて、やっと、整がずっと欲しかった答えをくれた。そして、ふたりともが「終わらせる」ために必要な、別れの言葉でもあった。

「じゃあ、俺がこれから言うことを、絶対に疑わずに、百%信じて」

「……分かった」

「和章が声をかけなくたって、父さんたちは死んでた」

「それは――」

「疑うなって言っただろ？　黙って聞いて、信じろ」

もうこれが最後だから、このまま部屋を出て、ここには戻らないから。置いていけるのは、言葉だけだ。大事な大事な、恋人になれなかった幼馴染みのために。

「あの日死ぬって、決まってたんだ。信号一個ぶんのずれぐらい大した差じゃない。俺がもしもタイムマシンに乗って、どこにも行くなって言ったらトラックが家に突っ込んできたかもしれない。人間の一生とか運命ってそういうものだから」

確かに好き合っていたはずなのに、こうして離れていく自分たちのように。

「和章。恨んでないから悔やむな。悔やんでないから信じて。和章は何も悪くない、何も壊してない。俺を支えてくれた力で、ちゃんと自分を幸せにしてほしい。ちょっとずつでいいから。……俺も、ちょっとずつでも自分で歩くから」

長い沈黙が流れた。いつの間にか窓の向こうはやわらかに明るかった。その光につられるように外を見やれば、まだらに残る雲は雨を吐き出してくすみを捨てたようにつややかな乳白だった。顔を覗かせた太陽が、遠くでさあさあと淡く降る雨の流れをきらきら輝かせている。天気雨だった。雨が雲に置いていかれたのか、雲がこれから追いついてくるのか、何にせよ美しい、最後の眺めだった。ああ、と整は思う。思い描いてきた「終わりの光景」に、欠けていた空。こんな色、こんな光。これが現実。これが現在。悪くない、悪くないよ。

うん、と和章がちいさく頷いた。

「約束する……ありがとう、整」

長いつき合いなのに、和章の涙というものを初めて見た。頭を抱え込むように抱きしめるとその雨は温かく肩ににじんだ。


ファミレスに朝まで陣取って、三十分おきに公衆電話からかけたけれど整にもかおりにもつながらずじまいだった。終電を逃した大学生グループの騒々しい話し声が一顕の神経をいっそうささくれさせた。ほんの数年前はあっち側に属していたなんて考えられない。

もう俺は学生じゃなくて、そろそろ結婚しようかなとか思ってて、でも結婚に夢や希望があるのかと言われれば別にそうじゃなく、大人として踏んでいく、資格取得のステップみたいな……大人一級、大人二級……俺、今どのへん？　寝不足甚《はなは》だしい頭でそんな埒《らち》もないことを考え、七時を過ぎたところで店を出た。週末から降り続いていた雨も今はぱらぱら未練がましく落ちてくるだけで、整との時間が完全に終わってしまったように思われた。

一旦家に戻り、シンクに散乱したガラスの破片を片づけ始めたが、注意力が散漫なせいか指を深く傷つけてしまった。誰かから罰せられた気分だ。かおりに？　整に？　「和章」に？

指先から垂れた血がぽたぽたステンレスを打つ音が、やけに大きく聞こえた。

会社に行き、地下鉄の駅とつながる扉の前で整を待った。幸い、出勤のピークに差しかかるすこし前に現れたので人目につくことなく近づけた。

「半井《なからい》さん」

「すげー隈《くま》だな。目の下真っ黒」

軽い口調で整が言う。本題に触れられたくないという気配を感じたが、一顕は製品の運搬に使う業務用のエレベーター前まで整を引っ張っていった。ここなら今の時間帯、ほとんど使われないだろう。

「すいません、ゆうべも電話で言いましたけど、俺」

「出た相手はちゃんと確かめたほうがいいよ。新人研修で習わなかった？」

「え？」

一言の応答もなく切れ、それっきりつながらなかった電話。整じゃない誰か——この場合ひとりしか候補がいない——に話した、ということに今さら思い当たり、重ね重ねの失態に鈍く痛む頭は意識をふっと飛ばしそうになった。

「……すいません」

「さっきも聞いた」

「あの、あいつから何か、コンタクトとか」

「ないよ、ていうかあっても分かんないけど。携帯壊しちゃったし」

「壊したって……何で？」

「壊したくなったから」

「ちゃんと説明して下さいよ」

「何で」

「何でって」

「お前に関係ないだろ」

「それ、まじで言ってんすか？」

一顕の不手際を怒っている、というわけでもなさそうだが、何だろう、このそっけない態度。一晩じゅう気を揉《も》んでいただけにこたえた。自分だけが、あのホテルの部屋に取り残されたように感じた。

「で、お前の彼女何か言ってんの？　謝れって言うなら謝るし、慰謝料払えって言うなら払うし」

「言わねえよ」

つい口調が変わるとさすがに驚いたのか、整はようやくまともに一顕と向き合った。

「つか何なんすかさっきから、その他人事な感じは」

「他人事だよ、お前にとっての俺も他人事だから気にしなくていい。じゃあ」

「半井さん！」

一方的に切り上げて立ち去ろうとする整の手首を摑んだ。その拍子《ひょうし》にワイシャツの襟《えり》がほんのすこし下にずれ、首すじのちいさな赤い鬱血《うっけつ》が一顕の目に飛び込んできた。

「それ」

一顕の視線に気づいた整は手を振り払い、無言で襟を正す。

「半井さん」

「お前に関係ないって言ってるだろ」

「そんなんで納得できるか。……何があったんすか」

「見りゃ分かるだろ」

今度はむしろ挑発的に首を押さえてみせる。

「嫉妬させて盛り上げる、って、古典的だけど効くっぽい」

「和章」とも寝た。一顕にさんざん抱かれてから、たったの半日後に。そんな筋合いはないと分かっていてもとっさにこみ上げる怒りと悔しさを抑えきれず、再び強く手首を握る。

「何だよ、離せよ」

「向こうはそういう気ないって言ってたじゃん」

いや、そこ責めたって意味ねーよ、とやたら冷静な頭の中の自分が突っ込む。じゃあ何を責めるんだ。何の権利もないのに。でもムカつくんだ。

「おかげさまでその気になってくれたんだからしょうがない」

一顕の憤《いきどお》りを鼻で笑い、「これ以上詳しく聞きたいわけ？」と神経を逆撫でる語尾の上げ方で尋ねた。

「お前よりどうだったかとか」

「あんたなあ――」

切れそうになった、けれど寸前で一顕は気づいてしまった。冷笑を浮かべる目のふちがわずかに赤いこと。だから放り投げるように手をほどいて「へたくそ」と言った。

「は？」

「泣きべそかいてたって丸分かりの顔で強がってんじゃねーっつの」

図星を指された焦《あせ》りの表情はすぐにくしゃっと歪《ゆが》んだ。

「……泣くなよ」

「泣かねーよ」

「ごめん」

「何だよ」

「俺のせいでしょ」

「違う」

「そうだ」

「しつこい」

「俺のいないとこで泣いてたんなら、せめて俺のせいであってほしい」

「意味分かんねーよ」

うなだれた整が、何に目を留めたのかぱっと一顕を見て、その瞬間の無防備な眼差しに心臓が痛くなった。

「指、どしたの」

「ああ……」

人差し指に巻いた絆創膏《ばんそうこう》のことか。

「ストームグラス、割れちゃって。すいません、せっかくくれたのに」

整は黙ってかぶりを振った。どうして「割れた」のかは、もう察しがついているようだった。

「ごめんな、萩原」

「いや、違うから。完全に自業自得」

「ごめんな」

あまりに静かで揺らぎのない声に、一顕はそれ以上何も言えなくなってしまう。

「……心配してくれてありがとう。でも、もう行かなきゃ」

後ろ姿に「半井さん」とだけ呼びかけた。このまま行かせたらいけないと思うのに、その時の一顕は無力だった。

「もう、こういうふうにふたりになるのはやめよう」

一顕を振り返らず、きっぱりとそう言った。


席についてすぐ、メール室から電話がかかってきた。

『萩原さんにバイク便が届いてます』

取りに行くと紙袋をガムテープでくるんだちいさな包みを手渡され、中身は一顕の携帯だった。すべて把握したから用ずみ、ということだろうか。この効率的な返し方が実にかおりらしい。電源を入れると、送り主からのメールが届いている。

『夜メールします』

一顕は椅子の背もたれをいっぱいにしならせて天井を仰《あお》いだ。判決待ちの犯罪者気分。


ひとりの部屋は、こんなにも広くて静かだっただろうか。一顕はベッドに座り、サイドテーブルの上に置いた携帯をじっとにらんでいた。

午後十一時を過ぎた頃、それが光る。

『つーか男かよ』

軽く目を剝《む》いた。差出人はかおりに間違いない、けれど彼女は冗談でもこういう雑な言葉遣いをよしとしなかった。まじで?と目の前にいないだけに信じられなかったが、かおりもそっくり同じことを一顕に思っているかもしれず、要するに一緒に暮らした経験値なんてものは有《ゆう》事《じ》の際大した参考にならないのだと痛感した。

『はい』

とだけ送ってからいやそれはちょっとと思い直し『今どこ?』とさらに送信する。

『実家』

『顔も見たくないってこと?』

『違う。一顕は、メールのほうが思ったこと言えるみたいだから。嫌味じゃないよ、携帯見て、びっくりしたの。こんなこと考えてたんだって。私が知らない一顕がいっぱいいた』

それに、どう返したらいいものかと迷っていると、もう一通届く。

『どうしてあの人だったの? かかとがきれいだから?』

かかと? 何の話だ。

『それは知らないけど。……いろいろあって、って言ったらすごい適当だけどそうとしか言えない。タイミングとか、お互いの事情とか。俺も、ああいうことになるまではああいうことになるなんて思ってもみなかった。悩み吐き出せる相手が見つかって、たまたま同僚で、ってそれだけのはずだった』

『一顕はどうしたいの？　私と別れてあの人と暮らすの？』

『それはない』

『じゃあやり直したいと思ってる？』

来た。核心を突く質問が。手汗がにじんで携帯がべたつく。そうなのか、そうじゃないのか。無理だろ、と思っている。ここまでぐちゃぐちゃになって、また最初から積み上げ直すのは不可能だ。でもかおりが問うているのは一顕の気持ちの問題で……どう答えればいいのか躊躇《ちゅうちょ》している間にもメールはやってくる。

『じゃあ私から言うね。一顕のことは今でも好き。女の人としたんだったらどうにか水に流せたかもしれない。でも、男の人とした一顕は、生理的に無理。人権とか偏見とか言われても無理。理解できないし、触られたりしたら耐えられない』

『耐えられないのは前からだろ』

『だから私のせい？　させなかったから、もう手近な男の人でもいいやってやけになったの？』

「……そんなんじゃねえよ」

自分よりも、整を侮辱されたような気がした。語気荒く吐き捨ててから、送信した。

『お前にとっては「させてあげる」ものなのか？　俺はかおりの飼い犬じゃない』

今度は、かおりの返信までに長い間があった。

『お父さんのところに泊まってた』

それだけがぽつりと送られてから、間を置かずに長文が届く。

『どうしてお母さんと離婚したの、って初めてはっきり訊いた。お父さんがよその女の人と浮気したからだって言われた。それは何となく知ってたんだけど、理由を訊いた。そしたら、お母さんが、私が生まれてから本当に一度もさせなかったからだって。父親でいることだけ求められて、辛《つら》くて辛くて浮気して、ばれて離婚したの。お父さん、お前たちには本当に申し訳なく思ってるって言ってた。でも、もう一度あの時に戻れたとしても、同じことをするかもしれないんだって』

昼間は曇《くも》りがちながら晴れ間もあったのに、どうやら雨が降り始めた。自転車置き場のトタン屋根からばらばらばらと音がする。かおりと同じシーツにくるまって聞いた音。かおりの背中を見つめて聞いた音。どちらが多いのだろうか。

あの人は、俺が教えた雨音を聴いているだろうか。

『あの晩、一顕が出て行ってから、私は窓にぴったり耳をつけて外の様子を聞いてた。知ってる？　下の話し声とか、よく響くんだよ。それで、一顕が、誰かと電話してからどこかに行くのは分かってた。追いかけなきゃって思った。追いかけて、謝らなきゃいけない。でも謝ったらこの後しなきゃいけないの?って思ったら、どうしても動けなかった。誰かに一顕を取られちゃうって分かってても。

一顕を好きって言っても信じてくれないかもしれないね。でも本当なの。一顕は私に、安心やぬくもりをくれる人。それが心地よすぎて、セックスとかがどんどん煩《わずら》わしいものになっていった。すればきっと楽しいしお互いに幸せだって頭で分かってても、その気になれなかった。一顕が傷つくのを見て、明日こそは、明日こそはって思うの。でもその明日が来たらやっぱりいやなの。平日は忙しいからいや、週末ぐらいはゆっくり眠りたい、今はちょっと肌が荒れてる……そんな感じ。そのうちに、どうして一顕はいつまでも私としたがるの? 私の気持ちと関係なくそういう気分になるの? もうたくさんしたじゃない? 赤ちゃんをつくる時でいいじゃない?って逆切れみたいに思うこともあった。

一顕が、あの人に送ったメールを読んで、何なのよってむかついたり、恥ずかしかったり、申し訳なかったり、色んなことを考えた。今も思ってる。でも一顕にひとつだけ何か言うとしたら、「ありがとう」です。一顕はメールの中で、一度も私を責めたり下げたりしてなかったから。それってすごいな、と何度も読み返すうちに気づきました』

今までもらった中で最長のメールを読み終わると、一言『ごめんなさい』と届いた。

一顕はいてもたってもいられず立ち上がる。あてもなく裸足のまま表に出ると、実家にいるはずのかおりが、壁にもたれかかって携帯を見つめていた。

「かおり」

「言ってよ」

ふるえる声ではあったが、毅然《きぜん》として言った。

「一顕から、言って」

「好きな人ができました。別れてください」

直後、猛烈な勢いで頬を一発張られた。目の裏で星の瞬《またた》く、スマッシュヒットなビンタだった。大の男がよろけるぐらいの馬力を、この細い身体からどうやってひねり出すのか。一顕にとっての「女の謎」がまたひとつ増えた。

「分かりました。別れましょう。さよなら」

そう答えて、きびすを返した。手ぶらで雨の中に出て行く彼女を思うと、引き止めたかった。俺が出て行く、と言いたかった。でもかおりの背中は静かに決然と、一顕のいかなる気遣いも拒絶していた。濡れたらかわいそうとかどこに行くんだろうとか、一顕の考える問題じゃない。そういう心のルートを断ち切るのが「別れ」ということだから。

部屋に戻り、ベッドに寝転がる。好きな人、という自分の言葉に自分でびっくりしていた。そうか、俺は好きなのか、半井さんが。

とはいえ男だし、半井の想い人はカズアキ違いだし、性欲に目がくらんでるだけかもしれないし……否定する材料はたくさんあった。

でも好きだ。ひとりで勘違いしてるだけなら、自由だろう。

そうだひとりだ。シングルベッドの上で大の字になり、すこしだけ泣きたくなったが、外は雨がたくさん降ってるし、いいや、と思った。

空模様が怪しくなってきた。今日の降水確率は三十%だったのに。駅の出口で「株主総会のご案内」の看板を持ち、整は空を見上げる。午後の交代まであと二時間、保ってくれるだろうか。改札から流れ出てくる人波をぼんやり眺め、時にはまったく関係ない施設への道順を尋ねられたりしながら立っていると、「お」と声を掛けられた。

「お疲れ、えーと、そうだ、半井くん」

「あー……足立《あだち》……？」

記憶をたぐって名前を検索すると「正解」といかにも軽いノリで親指を立ててきた。

「そっかー、株主総会ってきょうだっけ、大変だね」

「今出勤？」

「うち裁量労働制《さいりょうろうどうせい》だからさ」

「ふーん」

以前なら、早くどっか行けよとばかりにそっけない対応をしただろう。でも整は「その後どうなった?」と自分から水を向けた。

「ん? 何が?」

「本命と浮気」

「若干《じゃっかん》もめたねー」

足立は悪びれるようすもなく「今は本命と何度目かのラブラブ期」と答えた。

「別れなかったんだ」

「うん、自分でもふしぎ。彼女もそう思ってんじゃないかな」

「まあ、色んなかたちがあるし」

「そうそう……あ、そういえば萩原の話、聞いた?」

「……いや」

「彼女と別れちゃったんだって。あいつんとここそ盤石《ばんじゃく》って感じで、結婚するんだろうなーと思ってたから、びっくりしたよ」

「へえ」

ざわざわ、と今の雲行きみたいに不穏なものが胸の中に湧いた。

引っ越したのは知っていた。つい数日前、住所変更の申請書を整が処理したから。その時「破局」の二文字がよぎりはしたが、逆に、結婚するから引っ越したという可能性もある。整自身、ウィークリーマンション暮らしからようやく部屋を見つけて腰を落ち着けたばかりだったので、自分の生活基盤を調《ととの》えることに集中しようと努《つと》めた。すこしでも心に隙間を作ると、一顕の転居先の間取りをネットで確かめたりしてしまいそうで怖かった。

そうか別れたのか。俺のせいだよな。そういうふうに思うのもおこがましいのかもしれないけど。足立に根掘り葉掘り事情を訊きたくても、整が本当に知りたいことを知っているはずもない。

「じゃあ、頑張ってね」

「うん」

どうしよう。いやどうしようもない。そもそも縁を切ったのは整のほうだ。あの時は、そうしないと一顕にずるずる縋《すが》ってしまいそうだった。

関係ないって突っぱねたじゃないか、今さらどのつら下げて「最近どう?」なんて言える。

看板を持った腕と、立ちっぱなしの足のだるさに意識を集中させて、一顕の顔を頭から追いやろうとする。

無事に総会を終えると会議室にケータリングを頼み、関係部署の人間だけでささやかに納会《のうかい》をしてから総務部に戻った。机の上に、白い紙切れが置いてある。誰かの伝言メモかと思って裏返すと、それは名刺だった。

平岩の。

余白に『同僚の人に偶然会ったんで一応預けときます。いつでも連絡して』とちいさな字で書いてあった。「同僚の人」が誰なのかは考えるまでもない。整はそれを持ったままリフレッシュスペースに行った。もちろん、IDカードはしっかり首から下がっている。窓にもたれて、缶コーヒーを一本、ゆっくり飲み終わるだけの時間、考えた。夕方から降り出した雨がガラスに透明な蛇行《だこう》の跡をいくつも残していた。自分の吐いた息がガラスを白くけむらせたけれど、その向こうの水滴には届かない。こんなに会いたくても、一顕が現れないみたいに。


「会ったところで、別に話すこともないんだけどな」

長いブランクを気遣い、平岩はわざとぞんざいに言った。

「そりゃねーだろ」

整も、湿っぽくならないように苦笑してビールのジョッキを合わせる。連絡を取り、会う約束をしたのは、もちろん自分がそうしたかったのもあるし、和章が知ったらそれを望むだろうと思ったからだ。

お互いの仕事や生活圏、使いやすい書類作成のアプリなどについてとりとめなくしゃべり、一時間ほど経《た》った頃だろうか。平岩がぽつりと言った。

「俺、この前、不満そうな顔してた？」

「え？　いや、別に」

「ならいいんだ」

「何で？」

「いや、あの、萩原さん？　がさ」

不意打ちで名前を出されたので指の間から枝豆を落としそうになる。

「ハギワラ？　オギワラ？」

「萩原」

「うん、萩原さんともっかい会ったんだよ、あの店で。向こうはさも偶然って感じだったんだけど、どうも何か、待たれてたんじゃないかって気がしてさ」

「え？」

「いや、単なる勘だよ、まじに取んなよ？　でも、あそこに通って俺のこと探してくれてたんじゃないかなって。まあ、こっちもちょくちょく行く店でよかった。そんで、半井さん、本当は連絡したいんだと思いますって言うから名刺渡して……半信半疑だったけど、こうしてお前と会えたし、感謝してる。それは置いといて、初対面の人に気にされるほど、俺はあの時微妙な空気出してたのかなって反省したんだ」

「いや……」

首を横に振ろうとした、でもできなかった。すこしでも頭を動かしたら、涙がこぼれ落ちそうだった。あの時、整の動揺に知らんふりをして「悪くないんでしょ」と言ってくれた一顕を思い出した。お前と、こんなふうになるなんて想像もしなかったけど、心のどこかではもう、好きだったのかもしれない。整が気づくより前から、雨は降り出していたのかもしれない。

昏の端が波打つようにわななくのを必死でこらえ、「あいつ、優しいから」と言った。

「そっか。ありがとうって言っといて」

「うん」

突然、声を詰まらせてうつむいた整に旧友は何も訊かず、やけにあっけらかんと「もうすぐ夏だなあ」とつぶやく。昔から、人が落ち込んだり悩んだりしている時、平岩は敢えて詮索《せんさく》せずにこうやって能天気に振る舞ってくれた。

「覚えてる？　昔、肝試し行ったじゃん。防空壕《ぼうくうごう》みたいなとこ」

「幽霊は出なかったけど馬鹿でかいカマドウマが出た時？」

「そーそ、あれ、怖かったよな。俺今でも時々夢に見るよ」

「まじで？」

平岩のおかげで整は笑えた。笑いながら、会いたい、と思った。一顕に会いたい。電話がしたい、メールがしたい、一緒に飲みたい。キスしたい、セックスしたい、抱き合いながら雨の音を聞きたい。

好きだと言いたい。好きだと言われたい。

天気予報によると、今夜の雨が終われば梅雨《つゆ》が明け、本格的な夏の訪れとなるらしい。名残《なごり》惜しいような気もするが、だからと言って濡れたくはならない。会社の正面玄関の前で一顕は思案していた。

会社の地下に入っているコンビニでは傘が売り切れで、下ろしたてのスーツだから、五十メートル先の違う店舗まで出向くのも避けたい。地下鉄を使えばひとまずは安心だが、その後乗り換えて遠回りになるのが面倒だ。駅から自宅までの道のりだってあるし。

いや、傘なんか駅で買える。それより、家には緊急避難的に買ったビニール傘がすでに三本あり、また増やしてしまうのが誰にでもなく申し訳ない気分だった。久々のひとり暮らし、家事が行き届いていないということはないのだが、どこかでほころびが出るらしく、傘を出先に忘れたり電車に忘れたり、というへまを連発しているのだった。

ぐずぐずしていてもやみそうにないし、とりあえず、地下鉄に乗って、後のことはその時考えよう。地下通路に方向転換しようとした時、すぐ後ろから傘が差し掛けられた。

「使えば」

振り向くより先に言われて、その声に一顕は身動きが取れなくなる。だってもし違う人だっ

たら。聞き間違えるはずがないのに、昂揚《こうよう》よりも怖くて心臓が高鳴った。

顔を見たら期待してしまう。名前を呼ばれたら我慢できなくなる。この気持ちを、自分の中で完結させておけなくなる。ひとりで抱える勘違いなら、陸上のトラックみたいに同じ場所をぐるぐる回っているだけですむけれど、外に飛び出してしまったら。どこにも行けなくても、行き着けなくても、たったひとりを求めて。

「俺、折りたたみあるし」

雨を飲み干したいぐらい口の中が渇《かわ》いていたが、どうにか尋ねる。

「……傘、持たないいんじゃなかったんすか」

「今はいるんだ。引っ越したから」

「何で」

緊張で、みっともなく声が裏返った。

「――って、訊いてもいいんすか」

「いいけど、長いよ」

「俺も引っ越しました」

「それも、長い話？」

「そこそこ」

「じゃあやめとくか」

「うそっ」

振り返った。すぐ傍で整が笑っていた。泣き笑いに近い、いろんな感情をいっぱいにたたえているその顔を見たら、ああ夏が来るんだ、となぜだかものすごく思った。

「じゃあ」と一顕は言う。

「とりあえず、メアド教えてください」

ふったらびしょぬれ

別れるというのは、失うことだと思っていた。でも本当はそうじゃなくて、別れた相手と過ごした時間、教えてもらった音楽や本、一緒に食べたもの。もう更新されないそれらを目に見えない荷物として背負っていくことにほかならない。クラウドで共有していたものをＵＳＢに落として、それぞれがデータを持ち歩かなきゃ、みたいな……ちょっと違うか？

存在を意識する時もしない時も、重く感じる時もどうでもいい時も確かに抱え続けている。人生で何人目かの、そしていちばん長くつき合った恋人と別れた後、一顕《かずあき》はそんなことを考えるようになった。

「お前の部屋、ちょっとは何とかなったのか？」

ホルモンが売りの店で、見たことも名前を聞いたこともない内臓の煮込みをつつきながら平《ひら》岩《いわ》が言った。

「相変わらず」

テーブルの真ん中を占領する七輪《しちりん》の上で、身をよじるようにして焼けていく小腸《しょうちょう》の具合に集中しているため、半《なか》ば上の空で整《せい》は答える。

「まだかよー」

「何とかって？」

引越し荷物が片づいていない、とかだろうか。

「あれ、萩原《はぎわら》さんこいつんち行ったことない？」

「はい」

「築四十年だとかのボロマンションでさあ」

「三十七年」

律儀に訂正が入る。

「おんなじようなもんだ。古い代わりに、リフォームとかある程度好きにしていいんだって。で行ってみたらひどいの、壁紙半分だけ貼って放置とか、棚作りかけて放置とか」

「途中で飽きた」

「にしてもきりのいいとこまではやるだろ。大体ＤＩＹなんて柄じゃないのに似合わないことしようとするから」

「でもそういうテンションの時ってありますよね」

引っ越しハイというのか、普段と違う試《こころ》みに燃えてしまう時期が。

「俺もひとり暮らし始めたばっかりの頃って、料理とか頑張っちゃったりしましたよ。ちゃんと箸置《はしお》き使ってみるとか」

ひとりきりの家で、手持ち無沙汰《ぶさた》がつらかったという理由も、当然あるのだろう。だから、飽きてほったらかしにできるようになったのかもしれない、と思うと一顕はむしろほっとした。

「はい」

程よく焼けたモツを、整が一顗の皿に載せた。

「ありがとうございます」

「半井《なからい》、俺にもちょうだい――萩原さんて日曜大工とか得意？」

「得意っていうわけじゃないですけど、普通ぐらいには」

「そんならこいつんち、何とかしてやってくんない？　金取っていいから」

「え？」

平岩の提案に一顗は戸惑い、整は慌てた。

「勝手に決めんなよ」

「だってお前の性格だと、あのまま住み続けそうじゃん」

「別にいいだろ」

「住まいが荒れてると心も荒《すさ》むぞ」

何度か一緒に飲んで分かったことだが、平岩はとても細やかに気遣いをするタイプだった。冗談めかしてはいるものの、整を心配しているのだろう。それを利用――といったらあれだけど、平岩の配慮に乗っからせてもらうことにして萩原は「いいすよ」と言った。

「俺でよかったら手伝いますよ。素人《しろうと》ですけど」

「ほら、よかったじゃん」

「……じゃあ、そうしようかな」

「日程とか、後でメールで決めましょうか」

「うん」

よろしく、と整は小声で言った。網《あみ》の上から滴《したた》り落ちた脂《あぶら》が、七輪に盛大な炎を上げさせ、テーブルを挟んだ一顕にその時の表情は見えなかった。


家に帰ってから、「やった」とひとりでつぶやいた。よしメールだ、と携帯を取り出したけれどあっちはまだ帰宅途中かもしれないし、すぐっていうのもな、と思い直した。そもそも、あの場で「いつにします?」なんて話を詰めたら引かれるかもしれない、とこうして猶予《ゆうよ》を持たせたわけだし。でもあんまり遅くなっても迷惑だな……結局、いつもよりゆっくりとシャワーを浴び、子どもみたいに翌日のシャツやネクタイを準備してからメールに取りかかる。

『さっきの件ですけど、いかがですか』

送信した瞬間、あ、と、何だか取り返しのつかない失敗をしてしまったような不安に駆られる。待て待て、と空中に腕を伸ばしてメールを捕まえられたらそうするかもしれない。別に何もまずい文面じゃないのに、もうちょっと考えればよかったかも、と送信済みのそれを見直す。そっけなさすぎたか。でも余計なことは書かないほうが得策という気がするし、迷っているうちに向こうが寝てしまうかもしれないし……とぐだぐだ自分会議を開いているうちに返信がきた。

『土日ならいつでも』

『しあさって、今週の土曜日の昼過ぎでいいですか？　日曜は朝から実家帰るつもりなんで』

『了解』

と一言ののち、『忘れてた。住所』と追記が送られてきた。一顗の家から、電車で三十分ばかりのところだった。写真も添付されていて、何だろうと開けてみたら手書きの地図だった。律儀さが、かわいい。いかにも慌てて書きましたって感じで、北が上になってないし。

忘れるはずもないのに、スケジュール帳に土曜日の予定を入力し、短いやり取りをベッドの中で何度も読み返す。やばい、眠れないかも。フォルダをどんどん遡《さかのぼ》れば、送り送られしたもっと長いメールがざくざく出てくるというのに、たったこれだけでそわそわしてしまって、心臓が騒いでいる。

夏が来て、そして終わろうとしていた。もう八月の下旬だ。

お互い手ぶらになりました、はいつき合いましょう、というスムーズな流れにはならなかった。

整の話を聞き、一顗も話した。お互いに「うん」、「そうか」程度のコメントしかせず、ただ納得し合った、という感じだった。とてもじゃないけど、「というわけで、俺たちつき合っちゃいますか」なんて切り出せる雰囲気じゃなく、でも今になってみれば、強引にでも進めておくべきだったのかもしれない。

ぎくしゃく、というのともすこし違うけれど、ふたりともが気を遣ってしまって、見合っている間を「告白」というボールが転々と跳ねていくような感じ。今までみたいに言いたいことを言い合うノリがなくなり、飲む時は平岩を交え、平岩をクッションにして会話した。

一顕は、かおりと別れた原因が整にあるとは思わない。でも整が藤澤和章《ふじさわかずあき》と決別したのは、自分に責任の一端があると思っている。整もまったく同じことを考えているだろう。互いの背後にある不在の重さに立ち止まってしまう。責任を感じ合ったまま傍《そば》にいても、またどこかでひずみが生じないだろうか。自分が傍にいて「やっぱり別れなきゃよかった」と思わせてしまうことにはならないだろうか。もう失敗したくない、そんな臆病心がどうしても頭をもたげる。失敗の結果の「今」じゃないと頭では分かっていても。

迷った。半井さんは別に、俺とつき合いたいからひとりになったわけじゃない。なのにこのまま押していっていいのか、いいとしても今すぐってていうのはちょっとどうなんだろう、半井さんだって考える時間が欲しいだろうし。

ていうか、あの人にどの程度好かれてんのか、分かんないんだけど。ずっと「整をどう思っているのか」とは悩んだが、かんじんの「整にどう思われているのか」まで頭が回らなかった。全然見込みがないとは思ってないけど、「好き」と「恋人になる」って微妙にイコールじゃないし、あっちは前みたいな気心の知れただけの関係に戻りたいのかもしれないし。わざわざ日曜日の予定をでっち上げたのは、「こいつ泊まりたいとか思ってんじゃねーだろうな」という警戒を警戒したわけで――ややこしいな。

もうやっちゃったのに、メールや約束に舞い上がったり心配したりする。身体はすでに、一般的な恋愛におけるゴールに到達しているわけだけれど、心はちゃんとこうやってもどかしいステップを踏むのだからふしぎだ。

あの人はこんな気持ちにはならないんだろうか、と夜中に寂しくなったり。


駅を出るとすぐ、ちょっとひなびたアーケードの商店街につながっていた。すこし早く着きそうだったので、特に目を引くものがあるわけでもない店々をゆっくり眺めながら歩いた。豆《とう》腐《ふ》屋、金物屋、パン屋、肉屋……。

八百屋の前で、一顕の足はぴたりと止まった。ちょうどアーケードの屋根が途切れたところで、そこだけまぶしく太陽の光を浴びていたせいかもしれない。店先の、大きなすいかに目がいった。黒と緑の不規則な縞《しま》模様のそれはつやつや光っていて、何だかとてもいいものに思えた。一顕の視線に気づいた店の主人が「甘いよ」と声をかける。

「半分とか四分の一にもカットするからね」

「いや」と一顕は言った。

「このまま、丸ごと下さい」

すいかを衝動買いしたのは初めてだった。しかも一玉。ずっしりとした重量を片手に感じながら気温三十度超の住宅街を二十分ばかり歩く間に何やってんだろ俺と後悔が芽生えないでもなかったが、汗を拭《ぬぐ》って見上げた目的地の窓から整が顔を出しているのが分かった途端にぜんぶ吹っ飛んだ。

「何持ってんの?」

四階から問いが降ってくる。

「すいか」

「何で?」

「何でだろう」

「何だそりゃ」

整は笑って「上がってきな」と言った。

「エレベーターないけど、頑張って」

「まじでー?」

犬みたいに舌を出すとますます笑った。建物の中に入るとちょっとだけひんやりしている。大人同士がやっとすれ違えるきゅうくつな階段は奥行きも段差の幅も狭く、いかにも「昭和のマンション」という感じがした。

チャイムを鳴らす前にドアが開き、その隙間からエアコンの冷気が流れてきて汗の浮いた額が一気に涼しくなるのを感じた。

「上がって——結構歩いただろ」

「うん」

リビングダイニングと、障子《しょうじ》で仕切られただけの和室がふたつ。障子の下四分の一くらいはガラスがはまっていて、すすきの模様が彫《ほ》ってあった。

「これ見て」と整が柱を指す。腰ほどの位置に、横線がいくつも走っていた。

「身長測った傷？」

「そう。釘《くぎ》打った穴も、シール剥《は》がした跡もそこらじゅうに残ってる。でも、見た瞬間にいいなって、すぐ決めた。不動産屋はびっくりしてたけど、周りに高い建物がないから空が広いし」

一顕から受け取ったすいかをひとまず流しに置くと、冷蔵庫を開ける。

「何飲む？　麦茶かアイスコーヒーか、ビール」

「麦茶——それから？」

「うん？」

「空が広いし、の後」

続く言葉があるような気がした。整はグラスに氷をざらざら入れながら答える。

「……駅から遠いのも、『帰り道』が欲しかったからちょうどよかった」

「そっか」

古いマンションに暮らす整は、ふしぎとしっくりなじんで見えた。見知らぬ誰かの生活の名《な》残《ごり》は、むしろ寂しさを慰めてくれるのかもしれない。未完成の壁紙も棚も、平岩が言うほど殺《さっ》伐《ばっ》としていない。一顕はほっとして麦茶を飲み干した。

「てか、萩原、そんなにすいか好きなの？」

シンクに安置された大玉を整がぽんぽん叩く。

「普通です。今年、一回も食べてないし」

「じゃあ好きじゃないんじゃん。どうすんの、この巨大なブツ。冷蔵庫に入んないんだけど」

「すいません、持って帰ります」

常識的に考えて、ひとり暮らしの家に持参する手土産としては迷惑に決まっていた。百歩譲って頂いて「ありがた」がくっつくぐらいか。店で勧められたように、せめて切り分けてもらえばよかったのだろうけれど、一顕はどうしても、傷のない丸のままを整に見せたかった。理由はと訊かれても答えられない。衝動買いとはそういうものだ。

「何言ってんだよ」

「邪魔でしょ」

「入れるとこがないんだったら買いに行けばいいいんだ」

「……冷蔵庫を？」

いくら何でもそれは、と思ったが整は「なわけねーだろ」と笑い飛ばした。

「たらいがいいな」

「は？」

「これが入るたらい、買いに行こう。金属の、コントで頭上に落ちてくるようなやつがいいな。風情《ふぜい》があるだろ」

「ええ？」

「商店街にあったよな、たわしとか色々売ってる店。あそこなら置いてそう」

「そんなもん買っても、使い道ないでしょ」

「あるよ」

「どんな？」

「突然給湯器が壊れてベランダで行水するかもしれないし、洗濯機が壊れて手で洗うかもしれない」

「無理やりすね」

「いいんだよ」

整はきっぱりと言った。とても整らしい答えだった。

「今必要なんだっていう、それだけで。あしたより先の用途なんかどうでもいい」

一顕はもう「はい」と答えるしかない。別離の痛みを、整が自分よりずっとしっかり乗り越えているように思えた。ああしっかりしてんなあ、でもこの感じじゃ俺のことなんか必要としてないのかも。いや別に孤独につけ込むつもりはなかったし、それならそれでいいんだけど。

「行こうか」

「はい」

再び商店街に赴《おもむ》き、整の希望通りの「コントで頭上から落ちてきそうな」銀色のたらいを購入してアーケードを抜けると、ふっと水のにおいを感じた。空気はさっきまでの刺さる暑さを潜《ひそ》め、じっとりと服や髪にまとわりついてくる。

「あれ、何か……」

一顕が言いかけると、整は「あっち」と西の空を指差した。

水を含ませた紙に灰色の絵の具をにじませたみたいに、やわらかく湿った雲がじゅわじゅわと迫ってきていた。このままだとすぐに太陽を隠してしまうだろう。

「夕立、には早いか」

「走って帰りましょう」

しかし駆け出してすぐ、整は立ち止まった。

「半井さん?」

「いいよ」

「え?」

「無駄だよ、間に合わない。追いつかれる」

頭上を覆《おお》う雨雲を見上げる。その瞳はむしろ期待しているようだった。スコールの恵みを待ちわびる野生の動物みたいに飾り気のない光に一顕は心臓を丸ごと呑み込まれた。

水の気配がいっそう濃くなり、最初のひとしずくがアスファルトにしみを作ると、後はもう、バケツをひっくり返したような降りだった。地面が跳ね返した雨粒が足元で霧のようにけぶる。

「そうだ」

と整はたらいを逆さにし、頭上にかざした。

「さっそく使い道ができた」

「えー?」

「ほらほら」

無骨な屋根の下は、雨音が反響して騒がしいことこの上なかった。ばらんばらんと、BB弾が躍《おど》っているみたいだ。

「うるせー!」

という声もたちまちかき消されてしまう。それからふたりで、ばかみたいに笑った。わんわん耳が痛んだけど構わずに。

「俺が持つよ」

たらいのふちで、整の手に触れた。あ、こんなに近い。意識した瞬間、一顕は何の身構えもなくキスをしていた。幸い辺りに人気《ひとけ》はなかったけれど、いてもたぶんした。

「……好きだ」

唇をさらった唇で告げる。整はきょとんとして「聞こえない」と答えた。

「え、あー……」

もう一回ですか、言い直すとなると途端に恥ずかしいんだけど。じっと見つめられると、顔が火照《ほて》るのを感じた。

「えっと」

「うん」

神妙に耳を傾けていたはずなのに、言い淀《よど》む一顕を見つめる整の唇がじょじょにゆるんでくる。ん？　と眉根を寄せると「やべ」という顔になって手で押さえた。

「……聞こえてたんだろ!?」

「聞こえてないって、口の動きで分かっただけ」

「もー……」

不意に、整の頭が肩口に落ちてきた。布越しに触れる額は熱かった。

「もうよくなっちゃったのかなって思ってた」

声とともに吐き出される息も。

「え?」

「ある程度冷却期間置いたら、やっぱり俺のことはもういいって思ってるのかもしんないって――」

「なわけないだろ」

ああもう、たらいのせいで抱きしめられないのがもどかしい。不安にさせていたことが申し訳なくもあり、同じ不安を共有していたことが嬉しくもあった。通り雨はすぐにまばらになり、あちこちの水たまりや庭木のしずくが太陽の光を反射して、まぶしい朝の景色みたいになった。さっきよりすこし涼しい。夏の最後の熱を、雨が洗い流していったのだろう。

夏が終わる。これからひと雨ごとに気温が下がり、秋がきて、冬になる。一顕はかおりを忘れないだろうし、整は和章を忘れない。それでいい。

どんな季節のどんな雨の時も、この人と一緒にいよう。そう思った。


氷水を張ったたらいにすいかを転がして、濡れた服を残らず乾燥機に放り込む。そこで我慢の限界がきて、ベッドの上で整に何度もくちづけた。

「んっ……」

舌のつけ根が痛くなるまで伸ばし、口腔《こうこう》をくまなく舐《な》め回してじゃれるように絡《から》んでくる相手の舌と戯《たわむ》れる。ほんのすこし角度や息継ぎのタイミングを変えるだけで新しい興奮が閉じたまぶたの裏に瞬《またた》き、一顥は万華鏡を回し続ける子どもみたいに無心で整の口唇《こうしん》を貪《むさぼ》った。互いの体温が上がるにつれ、髪から肌から、やわらかな雨のにおいが立ち込めてそれは一顥をくらくらさせる。

やがて下半身の欲求が比重をいや増し、唇と舌で身体のラインを辿《たど》っていく。

「あ!」

すでに男を誘う色合いで尖《とが》っている乳首を硬くした舌先でつついてやる。過敏な欲情を含んで腫《は》れる周辺を優しくなぞっては、中心のしこりを弾《はじ》き、押し込む。もう片方は指と爪でちゃんとかわいがってやりながら。

「や、あっ……ん、ぁ」

完熟した果皮《かひ》のようにぷつんと弾けて裂け、とろりと蜜《みつ》をこぼしそうな朱《あか》いしこりを、音を立ててきつく吸い上げるとそのすぐ下で鼓動がどくどく速くなるのが分かった。

皮膚の下の筋肉も骨も、じかに舐められたらいいのにと思いながら脇腹やへその周りに気まぐれな短いキスを落とし、そのたび整は「ん」と身をすくませた。

下腹部ですでに発情している性器を半《なか》ばまで口唇でくるむと、いったのかと思うぐらい腰をわななかせて高い声で喘《あえ》いだ。

「ああ、あっ！　やぁ……」

いたずらに舌を絡ませて、押し返してくる血管の脈を愉《たの》しむ。きゅっと口内《こうない》の粘膜《ねんまく》で締め上げてやるといじらしいほど素直に興奮の度合いを増していった。

「だめ」

「何で」

切なげな制止とともに、整が一顕の髪に手を伸ばした。

「そ、それされたら、すぐいっちゃうから」

「いいよ」

「やだ……」

「……じゃ、一緒にする？」

「あ」

ぐ、と伸び上がって自分の勃起《ぼっき》をすりつけると整は一瞬目を見開いた。

「お、まえ」

「うん？」

「やらしい……」

瞳は官能に濡れ、まつげの影でゼリーみたいに細かく揺れている。そんな目でにらまれたって困るよ。

「知ってるくせに」

かじりつきたくなる目玉を覗き込んでささやく。

「……俺が、あれからきょうまで、半井さんで何度抜いたか分かる?」

「分かるわけないじゃん」

眼差しが羞恥《しゅうち》に揺れはしても、嫌悪は浮かべない。それがどれだけ一顗を安心させてくれるかも、分からないだろう。

「俺もカウントしてないけど、とにかくいっぱい」

「何だそれ」

「えろいとこも覚えてるけど、いちばんは、した翌朝、俺に笑ってくれたでしょ。あの顔がすごくきれいでかわいかった。ああ、幸せだなって思った」

「普通、そういう思い出って抜く時のネタにはなんないだろ」

「いや、超むらむらしました」

「それ以上教えてくれなくていいからな」

手のひらで一顗の口を塞《ふさ》ぎ、「ていうか」と顔を背《そむ》ける。

「そういうこと言われると、ハードル上がっちゃうじゃん……」

「ん?」

「これが終わったら、どんな顔すればいいんだよ、俺は」

一顕は、整の手を取って甲にキスした。

「半井さん、かわいい」

「だから言うなって」

「でもまだ、終わった後のことなんて考えないで……これからなんだから」

ぐい、と性器で性器をこする。

「ああ……っ！」

性交そのものの動きで前後してやると、どちらのものか分からない腺液《せんえき》が互いを汚し、絡まり合って卑猥《ひわい》に鳴り、その音とぬめる感触にいっそう硬く発情し合う。

「や、や、あ、ああっ」

しなる裏側同士をぴったり合わせて強く往復させた途端、整の昂《たか》ぶりは先端の亀裂から透明なしずくを次々にあふれさせ、それは平らな腹部で浅い溜まりになった。一顕が揺らすとなめらかな肌の上を広がり、行きつ戻りつし、かたちを変える。快感に翻弄《ほんろう》される整そのものに思えてひどく煽られた。

摩擦に悦《よろこ》ぶまろやかな鈴口《すずぐち》が充血の色を濃くし、その密度から解放される瞬間を待ちわびている。

「つん、や……あ、あ……っ……！」

「あ――いく……」

がちがちになった性器を押しつけ、いかせて、いった。腰を押し出した瞬間に射精したから、一顕の精液は整の顔にまで達してしまう。

「んっ……」

「わ、まじでごめん、目とか髪に飛んでない？」

「平気」

慌てて拭《ぬぐ》ってやると、整は汚れた指に唇を寄せてぱくっとくわえた。ざらりと精液が舐め取られるのが分かった。

「あ、こら、そんな――」

引き抜こうとしたら甘噛みで咎《とが》められ、前歯がやんわり食い込む感触に背中がぞくっとした。一滴残らず、という熱心さでしゃぶり、強く吸引してから飽きましたという風情でぺっと吐き出す。濡れた唇からそろりと舌が覗いた。

「……続き、早く」

吐息と変わらないような声でねだられた瞬間、一顕はみっともなく唾《つば》を飲んだ。襲いかかる勢いで脚を開かせ、その間に顔を埋《うず》め、性器よりひそやかな場所に舌先を遊ばせる。

「あ、ああっ！　や、っあ、ん……っ！」

間隔が空いたからそこはまたずいぶんと頑《かたく》なだったけれど、唾液《だえき》でたっぷり潤《うる》ませてやって最初の指さえ挿れればちゃんと辿り着ける。体内から整をかき乱すところに。腹側の粘膜を指先でこりこりと掻《か》くように愛撫すればたちまちかかとはシーツを不規則に泳ぎ始める。

「いや――や……っ！　あぁっ……」

性器とは異なる性感に全身を波打たせる整をいとおしいと思う。今、この瞬間に果てしなく互いの存在を許し合っていると思う。言葉を尽くすより、金銭や時間を費やすよりも深く、それを実感できる。どんないやらしいことだって、一緒にしよう。

愉楽の熱に煮溶かされた内壁がもっと密な結合を求め始めて収縮するのが分かった。一顕は痛いほど膨張《ぼうちょう》した欲望で整をとろかしながらつながっていく。

「あ――あ、あぁ、いい……っ」

締めつけられながら、これ以上ないくらいぴったりと交わると、泣きたいほどの充足感が爪の先まで沁《し》み渡った。

「……半井さん」

「ん？」

「さっきのね、告白の返事を聞きたいんですけど」

「今かよ」

「今なら断りにくいでしょ」

「バカ……」

整は腕をいっぱいに伸ばして一顕の背中を抱くと「好きだよ」と応えてくれた。それから、額を合わせる。

「萩原」

「ん？」

「俺に飽きても、俺の身体には飽きないで」

「……逆じゃなくて？」

「うん」

おかしい。でも分かる。

「……こっちの台詞《セリフ》」

ゆっくりと、優しいセックスをした。


ベッドから腕を伸ばし、カーテンを細く開けて覗いた空は燃えるような夕焼けの橙《だいだい》だった。まだらに残っているのはさっきの雨雲だろうか。夕日に照らされ、やわらかな繭《まゆ》に見える。飛行機雲のすじも真珠を溶かして掃《は》いたようだった。

「そういや俺、結局ＤＩＹの任務を果たしてないすね」

「やっと気づいたか」

「でも腹減った」

「どっか食べに行く?」

「でもあんま夜遅くに家ん中でがたがたすんのも近所迷惑ですよね」

「まーね」

顔を見合わせた。

「……きょう帰るんだっけ?」

整が意味深な口ぶりで尋ねる。

「あした早いんだっけ?」

一顕のちゃちなうそなどとうに見透かした目つきで、「すいません」と早々に降参せざるを得なかった。

「……泊めて下さい、お願いします」

「しょーがねーな」

しっかりすいか消費してもらわないとな、と言って整は笑う。もう夏が終わるのに、一顕は、夏休みの入り口の、あの甘い期待に満ちた気持ちを何となく思い出している。

all rain in this night

－どしゃぶりとびしょぬれのあいだ－

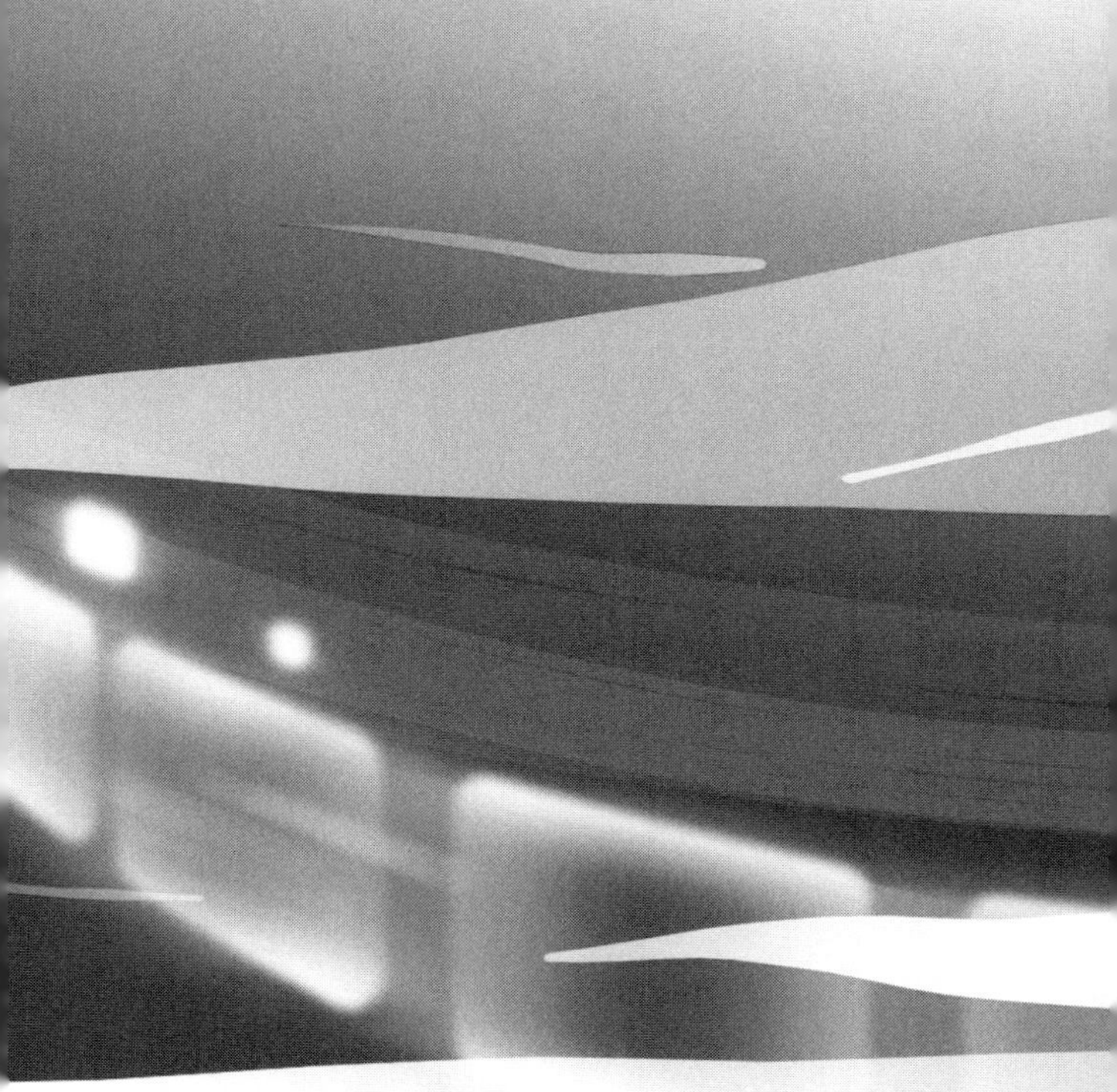

整《せい》が渡した傘を差して、一顕《かずあき》は歩き出した。無造作な足取りに見えて、濡れた地面についた靴のかかとはズボンの裾《すそ》にはねをつけない。歩き方、じょうずなんだな。折りたたみ傘の、ぐい飲みほどにちいさな柄《え》をぎゅっと握って思った。雨の輪がアスファルトににじむ街並みを揺らし、それをまた、自分たちの足が立て続けにかき乱していく。

どこに行きましょうとも、行きましょうかとも言わず、一顕は駅から電車に乗り、新宿で降りた。そして人混みの中で初めて整を振り返る。その唇が動いて声が聞こえるまでの数秒、心臓が痛くて、すこし前には気楽に雑談したり飲みに行ったり、何の負荷もなくできていた自分が信じられない。

「電車、乗りませんか」

一顕は、確かにそう言った。

「え?」

自分が緊張しているせいで、聞き間違えたのかと思った。

「電車? 今乗ったけど?」

「あ、それはそうなんですけど……すいません、何か俺、キョドってんな」

たたんで留めた傘の先で地面をこんこん叩くと、じわりと雨のしみが広がる。

「ある程度ゆったり話できるとこ……ってあれこれ考えてたんですけど、全然思いつかなくて。カフェもバーも違うなって気がするんで、いっそ移動しながらのほうがいいんじゃないかって」

「山手線《やまのてせん》ぐるぐるとか？」

「それじゃ落ち着かないんで……ロマンスカーとか、どうすか」

ロマンスカー、という単語を、実に決まり悪そうに口にする。そりゃそうだ。この浮かれた語感。

「箱根《はこね》まで行って、すぐ帰ってくんの？」

「そうすね」

片道、確か一時間半くらい。まあ、終電には間に合うだろう。悪くない提案だと思えたので、整は「いいよ」と頷いた。一顕はとても大層《たいそう》な任務を果たし終えたみたいな安堵を浮かべる。互いの表面にぴっちり張りついたよそよそしいオブラートを、剝《は》がしたり溶かしたりする方法が、今はまだ見つからない。「じゃあ」「うん」と大した意味をなさない会話とともに小田急《おだきゅう》の乗り場へ向かう。

これであっさり満席だったら脱力するな、と思ったがそんな事態にはならず、無事に往復の指定席を購入できた。箱根の手前、小田原《おだわら》止まりで、ホームでコーヒーでも飲んだらすぐ上りの列車に乗り込む程度の滞在時間、本当にただ乗るための往復だった。

「ホームウェイ号」

ホームの電光掲示板を一顕が読み上げる。

「ロマンスカーって、ロマンス1号2号とかじゃないんだな」

「夕方以降の下りだから、通勤客を前提にしてるんでしょうね」

確かに、平日の夜に行楽、ましてやロマンスを求めていそうな乗客の姿はさほど目立たず、むしろ自分たちみたいな、どこからどう見たって通常運転のサラリーマンが並んでいても浮きはしない。

帰り道《ホームウェイ》。かつて当たり前だったそれを、失くしたことをふたりとも知っている。いや、失くし合った、のか。二引く一の一ずつになったから、ちょうどいい、また足して二にしましょう、シンプルな算数を、人間に応用するのは難しい。心があるから。

やがて四角いつら構えの車両がホームに到着し、チケットに印字された番号の座席に並んで腰を下ろす。蒸し暑い構内から涼しい車内に入り、ほっとひと息ついた。通路側の一顕をそっと窺うと、耳の後ろから首すじに汗が伝っていて、あのしずくが肌に落ちる感覚も、伴《ともな》って立つ鳥肌の鮮烈さも、塩の味も、知っている、憶《おぼ》えていることを強く意識させられた。たったひとすじの雨に記憶が揺さぶられる。一顕の汗が、機械の風に吹かれて蒸発してしまうなんてもったいないなさにうろたえそうで、こんなことをひそかに考える自分はさぞおかしな顔をしているに違いないと思った。視線を逸《そ》らせなくなったら困るので、顔ごと横を向く。

「半井《なからい》さん?」

「帰り、萩原《はぎわら》が窓際な」

「どっちでもいいですよ。どうせ景色なんか見えないし」

「駄目」

「子どもみてえ」

半《なか》ば呆れ、半ば笑う一顕の声。列車が出発すると、間もなく車内放送が流れる。

——きょうも一日、お疲れさまでした。

思わず、隣の一顕と顔を見合わせ、口元をゆるめた。

「ロマンスカーでねぎらわれるとは思わなかったっすね」

「不意打ちだから和《なご》んだ。普通に嬉しい」

アドリブなのか、定型のアナウンスか知らないが。

「そっすね、沁《し》みましたね、どうもありがとうみたいな。よっぽど疲れてんのかな」

「疲れてんだろ」

「……うん」

一顕が背もたれに身体を預ける。長距離仕様のシートはヘッドレストもしっかりしているし、横幅もゆとりがあって座り心地がいい。

「半井さんも、でしょ」

「そうだな」

街明かりの浮遊する浅い闇の中を列車は走る。窓ガラスに整の顔が映り込む。ついさっき危《き》惧《ぐ》したようにへんな顔ではなかったが、やけに表情なくぽっかりして見えたのは、夜を透かしているせいだろうか。整も、風景も、雨は平等に濡らしている。

「かおりと、別れました」

「俺も、別れた。離れた、かな」

「揉《も》めはしなかったです。ビンタはされましたけど」

「それ、揉めてんじゃん」

「いや、けじめの一発みたいな」

「体育会系だな。俺は静かに出てって、そのまま引っ越しただけ」

「ふーん……」

ぽつりぽつりと、乏《とぼ》しい手持ちのカードを一枚ずつ出し合うようなやり取りだった。話したいことはたくさんあって、往復たった三時間足らずの旅路では到底《とうてい》足りないはずなのに、まだ癒《い》えない痛みが言葉を堰《せ》き止める。一顛もきっと同じで、だから「つらい」とか「つらいですか」とか、心情に触れる言葉は切り出せず、状況を説明するだけだった。

後悔はなくても、思い出や孤独や、この先変わるかもしれない、うすれるかもしれない、でも決して消えない、忘れられない愛情があって。それらをまとめて吐き出し、ぶつけるにはまだ早すぎ、互いが当事者でありすぎた。こんな夜にこそ、縁もゆかりもない赤の他人に何もかもぶちまけてすっきりすればいいのかもしれない。飲み屋でもネットでも。

けれど整は、どうしても、一顛といたかった。まだ生々しい失恋の痕跡《こんせき》を鏡のように映し合うだけで、傷を舐《な》め合う段階ですらないと分かっていても。背中を見つけた瞬間、無条件に嬉しかったから。いる、生きてる、萩原がきょうも息をしてくれてる。声をかけずにいられなかった。成城《せいじょう》学園前、新百合ケ丘《しんゆりがおか》、と過ぎていく駅のホームや、すれ違う上り列車はこうこうとまぶしく、寂しいほど光って見えた。けれど、弾《はず》むわけもない会話を、動きのない場所でぼそぼそとかわすより、乗り物のほうがずっといいと思う。自分たちの関係もどこかしらへ向かっているような錯覚をさせてくれるから。整が車NGでなければ、一顕は適当な車を借りて適当な場所へドライブしてくれたのかもしれない。

「雨、よく降りますね」

「梅雨《つゆ》の終わりのサービスだよ」

「あんま嬉しくねーけど……」

そのおかげで、半井さんが傘貸してくれたから、と言いたくて言えない、そんな気がする。でも都合のいい思い込みかもしれない。明るい未来を思い描くほどポジティブな心持ちになれない一方で、膝の上でゆるく握られた一顕の手に何とかして触ってみたいなんてことも考えている。

「梅雨《ばいう》前線って、いちばん長いんだって」

整は言った。

「長い？」

「ほかの前線より」

「前線って、そんないっぱいあります？」

「いろいろあるだろ、ほら、寒冷前線とか」

「とか？」

「……桜前線とか？」

「もう違うし」

一顕が自然に眦《まなじり》をほどいて笑う。整といて、くだらない話をする時の笑い方をようやく思い出してきたらしい。

「あ、でも、俺も、前見た映画で『北極前線』っていうのを知りました」

「すげえ寒そう」

「ロシアが舞台だったんで」

「梅雨前線は東西に一万キロぐらいあって」

話を続ける。

「ミャンマーのほうまで伸びてるのが、北上してきて梅雨になる」

「へえ、聞くだけで息苦しくなりそう」

雲も、雨も旅をする。地球の四分の一を覆《おお》いながら、夏の高気圧に押し上げられてそれはもうすぐ終わる。整は窓にこめかみを押しつけた。雨粒の振動は、整を責めるようでも、呼ぶようでも、追い立てるようでもあった。一顕がもの言いたげに、あるいはもの問いたげに整を見ている。それから？　と。

「オチはないよ」

「別に求めてはいませんけど」

「天気予報で言ってたんだ」

ガラス一枚隔《へだ》てて降りしきる雨には、あの夜ほどの勢いがない。整にはそれがつまらない。それが寂しい。

「『ふったらどしゃぶり』」

つぶやいて視線を下に流すと、一顕の指先がきゅっと丸まった。

「――って、萩原が教えてくれたから、今度は俺が何か教えてやろうと思ってた」

望みはたくさんある。でも現実としては、そんなささやかな希望を灯《とも》すのが精いっぱいだった。整は目を閉じた。ありがとうとか言うべきだろうか、という戸惑いの気配が伝わってくる。

雨、もっと降れ。梅雨の残りすべて、旅の果ての、今夜にそそぎつくせ。一万キロにはほど遠い線路の道行きを塞《ふさ》いで、戻れないようにしてくれ。帰り道《ホームウェイ》なんていらない。

そうしたら、朝がくるまで、またこの男とセックスできる。

けれどホームウェイ号は、遅延すらなく定刻どおりに小田原へと到着した。

「下りがホームウェイだったら、上りは？　オフィスウェイ？」

「ブルーすぎでしょ。普通に『さがみ』だって」

何も起こらなかった往路と同じく、復路も至って順調、どころか雨は徐々に弱まり、やんだ。梅雨の終わりを、夜の列車からふたりで見届けて、指一本触れないまま、新宿の雑踏にUターンした。

「傘、もらうよ。もういらないだろ」

「乾かして返します」

「いいよ別に。じゃあ、お疲れ」

一歩進んだのか、膠着《こうちゃく》したままなのか分からない、でも、一緒にいられてよかった。そう思えるだけでじゅうぶんだった。背を向けて歩き出し、何歩も経《た》たないうちにぐっと手を掴まれた。強い力。

「えっ?」

振り返ると、一顕が怖い顔をして立っている――違う、緊張している。

「……メアド」

「――ああ」

そうだ、教えてくださいって言われてたな。口頭で伝えると、一顕は復唱《ふくしょう》して頷いた。そして「お疲れさまでした」と整の手は離される。

ここからは、誰かや何かのせいにはできないんだ、と思った。雨がひどいからでも、好きな相手とセックスできないからでもなく、一顕が好きだという自分の気持ちを頼りに、自分で決めて進んでいかなければならない。

心細くて、怖かった。でも一顕は引き留めてくれた。今夜、手と手は触れた。嬉しい。ひとりたどる家路《いえじ》でふと空を見上げれば、雲の隙間から星が瞬《またた》いていた。整の心は足踏みしているのに、夏が来た。

AFTERWORD

雨恋い（あとがきに代えて）……………………―一穂ミチ―

夜中に爪を切ると、親の死に目に会えないらしい。でもそんなのはもう自分には関係ない。取り急ぎ配送してもらったベッドのほかにはがらんどうに近い部屋の中で、急に足の爪が気になった。伸びてる、切りたい。

何だかいてもたってもいられず、整《せい》はまだなじみのうすい道を歩いてコンビニまで出かけた。ぴかぴかした銀色の爪切りは、とてもいいものに思えた。

ポストに入っていたチラシを床に敷いてその前に座り込むと、左足の爪から切り始める。ぱちん、ぱちん。静かな部屋に、怖いほどの存在感で響いた。生活から人がひとり減った、というひややかな不在が家じゅうの空気を沈黙させている。それに挑《いど》むように整は力を込め、爪を切り続けた。雨が降ればいいのに、と思う。マンションの屋根や入り口の植え込みに雨音を響かせてくれたら。

右足の、人差し指に取りかかる時、ためらった。多少の剥《は》がれはあるものの樹脂《じゅし》のコーティングは健在で、爪切りの刃が通るのかどうか分からない。そして今の整には「これ切っちゃっていいと思う？」と他愛《たわい》ない相談ができる相手すらいない。

……いいや、やっちゃえ。

親指にぐっと力を込め、レバーを圧《お》す。硬かった。負けん気めいた気持ちが芽生《めば》える。もっと、もっと、もっと強く。

がぎん。

えらい音を立てて、白い三日月がピザ屋のカラフルな広告の上に落ちる。

ほら、ちゃんと切れた。大丈夫だ。大丈夫だよ。

立てた片膝を抱えて背を丸める。手の中のつめたい金属が生ぬるくなっていく。鋭利《えいり》な断面を指先でなぞっているうち、表からぱらぱらぱらと聞こえ始める。

整の望み通りに雨が降り出したようだった。

＊＊＊＊　＊＊＊＊　＊＊＊＊　＊＊＊＊

二〇一三年にフルール文庫さんから出していただいた「ふったらどしゃぶり」、版元さんのご事情などいろいろあり、このたびディアプラス文庫版でのお目見えとなりました。旧版をご購読くださった皆さまには心苦しく、申し訳ない気持ちでいっぱいですが、書き手として、可能ならば紙の本で流通させたいという思いもありまして……ご理解賜《たまわ》れますと幸いです。当時、web連載→文庫化にあたって、ページの都合でカットせざるを得なかった部分も含めて新たに見直し、ちょこちょこ書き足したりしました。

読者の皆さま、フルール文庫編集部の皆さま、新書館の担当さま、イラストの竹美家《たけみや》らら先生に、五年前以上の感謝を。ありがとうございました。

一穂ミチ。

この本を読んでのご意見、ご感想などをお寄せください。
一穂ミチ先生・竹美家らら先生へのはげましのおたよりもお待ちしております。

〒113-0024　東京都文京区西片2-19-18　新書館
[編集部へのご意見・ご感想] ディアプラス文庫編集部「ふったらどしゃぶり When it rains, it pours 完全版」係
[先生方へのおたより] ディアプラス文庫編集部気付　○○先生

- 初出 -
ふったらどしゃぶり When it rains, it pours：フルール文庫版（KADOKAWA／2013年刊）に加筆・修正
ふったらびしょぬれ：フルール文庫版（KADOKAWA／2013年刊）に加筆・修正
all rain in this night（どしゃぶりとびしょぬれのあいだ）：書き下ろし

ふったらどしゃぶり When it rains, it pours 完全版

著者：一穂ミチ いちほ・みち

初版発行：2018年9月25日
第4刷：2025年3月15日

発行所：株式会社 新書館
[編集] 〒113-0024
東京都文京区西片2-19-18　電話（03）3811-2631
[営業] 〒174-0043
東京都板橋区坂下1-22-14　電話（03）5970-3840
[URL] https://www.shinshokan.co.jp/

印刷・製本：株式会社光邦

ISBN978-4-403-52461-5